Mille sabords !

Yak Rivais

# Mille sabords !

Illustré par l'auteur

*l'école des loisirs*
11, rue de Sèvres, Paris 6e

Loi numéro 49956 du 16 juillet 1949 sur les publications
destinées à la jeunesse : mars 1991
Dépôt légal : février 1993. — N° d'impression : 119
Imprimé en France par SEPC à Saint-Amand-Montrond

# Sommaire

Je retrouvai la vieille dame aux pigeons sur la place de la Contrescarpe. Elle était furieuse (la vieille dame, pas la place).

« Regardez ! Les arbres ! »

« Quoi, les arbres ? »

« Mettez vos lunettes ! » me dit la vieille dame.

Je regardai les catalpas. Saperlipopette ! Ils devenaient rouges ! Et le temps que je revienne vers la vieille dame, ils virèrent au bleu, puis au jaune !

« C'est comme ça depuis ce matin ! » se plaignit ma vieille amie. « Ils changent de couleur sans arrêt ! »

« Ils sont magnifiques ! » m'écriai-je à la vue des catalpas orange.

« Magnifiques ? » s'exclama la vieille dame indignée. « Une horreur plutôt ! Regardez ces arbres violets ! »

Ils étaient violets à présent, et viraient au rose. Ils ressemblaient à de grands bouquets de fleurs, que dans le quartier tout le monde semblait admirer. Sauf la vieille dame, scandalisée :

« Les pigeons n'osent plus se poser dessus ! »

« C'est dommage », dis-je par politesse.

« C'est un coup des enfantastiques !* Et je connais la responsable ! C'est Florie ! »

* Lire « Ça alors ! » « Impossible ! » « Pas de panique ! » « Saperlipopette ! » « Et voilà le travail ! » « Allons bon ! » « Quelle affaire ! » tous parus à l'école des loisirs.

« Justement, chère Madame. Auriez-vous d'autres histoires pour moi? »

« Pourquoi pas. »

La vieille dame s'était radoucie et souriait. Du menton, elle me désigna une fillette qui marchait sur le trottoir.

« Voyez cette gamine? »

Au-dessus de la tête de l'enfant un parapluie se déplaçait tout seul, grand ouvert.

« C'est Christine. Le parapluie la protège de la pluie et, quand il fait beau, du soleil. »

« Il voyage toujours au-dessus d'elle? »

« Toujours! »

« Saperlipopette! C'est pratique. »

« Surtout quand il tombe des pots de fleurs par grand vent! » roucoula un pigeon de la vieille dame.

Soudain, je ne pus retenir une exclamation de surprise car une grosse marmite noire se déplaçait au ras du sol en grommelant:

« Place! Place! Ôtez-vous de mon chemin! »

Je m'écartai:

« Holà! »

La marmite traversa la place vers la rue Mouffetard.

« C'est la marmite à David », m'expliqua la vieille dame. « Elle fait les commissions à sa place. »

« Ah bon. »

On entendait un bruit assourdissant:

BAOUMM BAOUMM BAOUMM, en provenance de la rue Marcel-Aymé.

La vieille dame haussa les épaules :

« Ne craignez rien. »

Le bruit s'amplifiait : BAOUMMM BAOUMMM BAOUMMM. Des gens accoururent en poussant des cris :

« Le monstre ! Voilà le monstre ! »

Ils fuyaient. Le bruit devenait insupportable : BAOUMMMM BAOUMMMM BAOUMMMM ! Le sol tremblait !

« Que se passe-t-il ? » demandai-je.

« Trois fois rien », me répondit la vieille dame. « C'est la mignonne petite Manon qui a donné trop de soupe magique à sa poupée mécanique, et... »

« Ah ! »

Mon exclamation empêcha la vieille dame de finir sa phrase. Une poupée gigantesque, plus haute que les immeubles, venait de paraître. Elle accompagnait une gentille petite fille qui sautait à la corde en chantant « Une souris verte ». Le monstre avançait pesamment. Une clé tournait dans son dos, et c'étaient ses pieds aussi larges que des automobiles qui produisaient le vacarme que j'avais entendu, en prenant contact avec la rue : BAOUMMMM BAOUMMMM BAOUMMMM !

« Et ce n'est rien aujourd'hui », me fit remarquer la vieille dame d'un air désabusé. « Quand c'est la poupée qui saute à la corde, c'est pire ! »

La petite Manon traversa la place en envoyant un signe d'amitié à la vieille dame aux pigeons. La poupée grandiose la suivait (les autos se garaient de peur d'être piétinées). Elles entrèrent dans la rue Blainville et le bruit diminua. Les gens réfugiés dans les magasins ressortirent. Ils soupiraient :

« Vous imaginez le carnage si Manon faisait grandir tous ses jouets en même temps ! » me dit une dame émue.

Je l'imaginais ! Les pigeons aussi sans doute, car ils préférèrent s'envoler par-dessus les arbres multicolores.

« Nous vous enverrons des cartes postales ! » roucoulaient-ils.

La vieille dame suivait leur envol des yeux avec tendresse :

« Ils sont gentils, ne trouvez-vous pas ? »

« Très gentils. »

« Et vous voulez connaître d'autres aventures des enfantastiques ? »

« Avec plaisir ! »

Un ballon bondissait vers nous sur la place. Il s'arrêta à nos pieds. Je l'entendis se renseigner :

« S'il vous plaît ? Pourriez-vous m'indiquer la direction de la rue Marcel-Aymé ? »

La vieille dame la lui indiqua de sa canne. Le ballon dit merci et repartit en bondissant de plus belle. Moi j'ouvrais de grands yeux :

« Fantastique ! » déclarai-je.

« Pardon ! » corrigea la vieille dame en saluant un garçon qui venait à son tour et faisait semblant de taper sur un ballon invisible (forcément, puisque le ballon était déjà passé). « Ici, rien n'est fantastique, mais *enfantastique*. Bonjour, Pierre ! »

« Bonjour, Madame ! »

Le garçon s'éloigna. Je tirai un carnet de ma poche pour prendre des notes. La vieille dame savait plein d'histoires. Tournez donc les pages si vous êtes curieux(se)... ou faites comme Flavie qui ne tourne jamais les pages de ses livres vu qu'elles tournent sans l'aide de personne. (Moi j'ai essayé, ça n'a pas marché.)

# L'enfant qui se promenait en dormant

Les parents de Clara se faisaient du souci.

« Clara est somnambule ! » disait la mère. « Je suis sûre qu'elle quitte la maison toutes les nuits ! »

« Pourtant », raisonnait le père, « elle dort d'un sommeil profond. »

« Il n'y a qu'à la surveiller », proposa Laurent, le frère aîné de la fillette.

Le père fit semblant de réfléchir. Il grimaçait, plissait le front pour bien faire comprendre qu'il pensait. Puis il hocha la tête, les yeux pleins d'admiration pour son fils et il déclara :

« Mille sabords, moussaillon ! » (Car il avait fait son service militaire dans la marine.) « On fera *probablement* quelque chose de toi si les petits cochons ne te mangent pas avant ! »

Laurent riait. La mère examina sérieusement la proposition de son fils. Elle protesta :

« Je ne me ressens pas de passer toute une nuit à veiller Clara ! »

« Moi non plus ! » avoua le père. « Merci bien ! »

« Nous n'aurons qu'à nous partager la nuit », dit alors Laurent, « et rester auprès de son lit à tour de rôle. »

Le père ouvrit la bouche exagérément. Puis il fit entendre un sifflement et déclara d'un air convaincu :

« Moussaillon, on fera *sûrement* quelque chose de toi si les petits cochons ne te mangent pas avant ! »

« Tu me l'as déjà dit ! » riposta Laurent amusé.

Alors le père afficha une mine extasiée :

« Quelle mémoire tu as, moussaillon ! On fera *nécessairement* quelque chose de toi si les petits cochons ne te mangent pas avant ! »

Et il ajouta :

« Clara se couche à 20 h 30 et se réveille le lendemain matin à 7 h 30. En tout, combien d'heures perd-elle à dormir ? »

Il questionnait Laurent, qui répondit du tac au tac :

« 11 heures. Soit 660 minutes. Ou 39600 secondes. »

Le père applaudit. Mais Laurent lui coupa la parole :

« Je sais ! » dit-il en riant. « Tu vas dire qu'on fera *obligatoirement* quelque chose de moi si les petits cochons ne me mangent pas avant ! »

« Tiens ? » fit le père étonné. « Quelqu'un te l'aurait-il déjà prédit ? »

Laurent riait. Le père calcula :

« Laurent surveillera Clara le premier, de 20 h 30 à 22 h 30. »

« Je la surveillerai après lui », proposa la mère.

« Entendu », dit le père, « de 22 h 30 à 1 h 30. Et moi je la surveillerai pour finir de 1 h 30 à son réveil. »

Il s'était réservé le tour le plus long et le plus fatigant.

« Comment procéderons-nous ? » demanda la mère.

« Nous nous installerons dans le fauteuil près du lit de Clara. Si Clara se lève, le surveillant alertera les autres. »

Le soir venu, Laurent fit son entrée dans la chambre de sa chère sœurette. Clara venait de s'enfoncer dans son lit le pouce à la bouche. Laurent se cala dans le fauteuil avec un « Tintin et Milou ».

« Qu'est-che que tu fais dans ma chambre ? » protesta Clara sans ôter son pouce de sa bouche.

Les enfants se chamaillaient tout le temps.

« Je viens t'admirer dans ton sommeil, sœurette adorée ! » répondit Laurent. (Et il continua sur ce mode ironique :) « Quel régal de t'observer glissant au pays des rêves pouce au bec, mon ange délicieux ! »

« Beurk ! » fit Clara. « Chi tu rechtes ichi, je vais plutôt piquer une tête au pays des cauchemars ! » (Elle tétait son pouce comme une bouteille de whisky.)

« Mais non ! » s'écria Laurent d'un air séducteur. « Je baiserai ton front délicat lorsque tu dormiras, comme le Prince Charmant. »

« Beurk ! » répéta Clara. « Cha me fera l'impréchion d'être embrachée par une limache ! Et cha me donnera des boutons ! »

« Comme ça, tu pourras boutonner ton

pyjama jusqu'au front ! » ricana Laurent. (Et il ajouta, avec une espèce de révérence caricaturale :) « Chère sœurette de mon cœur ! »

Du coup, Clara retira son pouce de sa bouche :

« Sors d'ici ou j'appelle la police ! »

Elle ajouta mille mots aimables qui ne figurent pas dans le dictionnaire. A la fin pourtant, à force de les égrener, elle s'endormit. Pouf. Elle suçait son pouce derechef. Son frère se planta dans le fauteuil pour compter combien de gangsters Tintin allait massacrer en 52 pages. Il bougonnait en parlant de sa cadette :

« Si ça se trouve, cette petite sorcière va dormir à poings fermés et nous faire perdre notre temps ! »

Il éteignit le plafonnier, ne garda allumée que la lampe de chevet. Sa sœur se mit à ronfler. Alors il siffla. Quand elle reniflait, il sifflait. Clara se détourna dans son lit sans se réveiller et se tut. Laurent reprit sa lecture. Soudain, un bizarre grincement métallique résonna dans la chambre.

« Hein ? » dit Laurent.

Il se redressa. Un second grincement se fit entendre. Puis un autre. Un autre encore. C'étaient des grincements rythmés comme un langage métallique. Laurent referma son album.

« Attention ! » se murmura le garçon. « Il y a de l'aventure dans l'air ! »

Nouveaux grincements. Le lit bougeait.

« Mille sabords ! » s'écria Laurent à voix basse, reprenant ainsi l'expression favorite de son père. Et il ajouta : « Je dirais même plus : mille sabords ! »

Il bondit sur la pointe des pieds à la porte de la chambre et l'ouvrit. La lumière du couloir éclaira une scène invraisemblable : le lit s'animait, se trémoussait ! Le garçon courut alerter ses parents :

« Papa ! Maman ! Ça y est ! »

« Qu'est-ce qui y est ? » demanda le père.

« Clara ! »

« Est-elle somnambule ? » s'inquiéta la mère.

« Non ! C'est... C'est... »

« C'est quoi ? » demanda le père.

« C'est son lit ! »

« Quoi ? »

La mère courait déjà vers la chambre. Le père et Laurent la suivirent. Ils arrivèrent à temps pour voir le lit de Clara passer tranquillement dehors par la fenêtre. Clara y dormait en suçant son pouce et ne s'était rendu compte de rien. La mère jeta un cri d'effroi, mais le lit s'en alla sans se troubler en se tortillant.

« Ah ! Nous sommes au premier étage ! »

La mère défaillait. Le père la retint dans ses bras. Laurent bondit à la fenêtre, s'y pencha. Il se retourna afin de rassurer ses parents :

« Clara n'a rien ! Le lit a allongé ses pieds

jusqu'au trottoir et maintenant il marche dans la rue ! »

Le père poussa un juron. Il déposa la mère dans le fauteuil, accourut à la fenêtre et vit le lit s'éclipser dans la rue Marcel-Aymé en se dandinant ! Le père poussa un second juron. (Comme nous n'avons pas rapporté le premier, nous ne rapporterons pas le deuxième.) Il fit demi-tour et s'élança au pas de course dans le couloir vers l'escalier. Il n'avait pas pris le temps d'enfiler une paire de chaussures et courait en pantoufles. Il perdit une bonne minute à débloquer le verrou de la porte et dévala l'escalier de l'immeuble. La mère s'était ressaisie et le suivait en compagnie de Laurent. (Je crois qu'ils laissèrent la porte de l'appartement grande ouverte.) Quand ils débouchèrent sur le trottoir, ils devinèrent plus loin dans la nuit la masse imprécise du lit baladeur l'air d'un gros pépère noctambule. Le père agitait les bras comme un moulin à vent. Laurent accéléra, sa mère fut distancée. Il la rassura :

« Rentre, maman ! On s'occupe de tout, papa et moi ! »

Il rattrapa son père. La mère s'arrêta. Elle vit le père et le fils disparaître au tournant de la rue derrière le lit fugueur. Elle regagna l'appartement.

« Ma fille ! Ma mignonne ! » murmurait-elle. « Mon trésor ! Mon petit roudoudou ! »

Le petit roudoudou dormait paisiblement

dans le lit en goguette. Laurent courait à côté de son père gêné par ses charentaises. Le garçon lui lança :

« Papa, tu aurais mieux fait de chausser tes tennis ! »

Le père prit l'air admiratif et dit, sans cesser de courir coudes au corps :

« Pas bête, moussaillon ! On fera *indubitablement* quelque chose de toi si les petits cochons ne te mangent pas avant ! Rappelle-moi de te le dire si j'oublie ! »

« Où est le lit ? » demanda Laurent en riant.

« Droit devant ! » répliqua le père. « Je l'ai vu traverser la place vers la rue Mouffetard ! »

« Je le rattrape ! » décida Laurent.

Il démarra en changeant de vitesse. Le père ne suivait pas parce qu'il était obligé de recroqueviller ses doigts de pieds pour ne pas perdre ses charentaises.

« Attends-moi, moussaillon ! » appela-t-il.

« Ôte donc tes chaussons ! » lui cria Laurent sans se retourner.

Le père enleva ses chaussons et reprit sa course en chaussettes. Il rejoignit son fils. Il tenait ses pantoufles à la main.

« Bonne idée, moussaillon ! » lui dit-il. « On fera *indéniablement* un cochon de toi si les petites choses ne te mangent pas avant ! » (Laurent riait.) « Où est ta mère ? »

« À la maison. »

« J'espère qu'elle aura l'idée d'appeler la police ! » dit le père.

Le lit trottait devant. Il allait plus vite parce que la rue Mouffetard est en pente descendante. (Dans l'autre sens, la pente est montante, la vitesse des promeneurs moins grande.) Laurent ricana :

« Le lit... Hi-Hi-Hi ! Avec Clara dedans, il ressemble à un dromadaire ! Sous les couvertures, elle fait comme une bosse ! »

« C'est la fée *Clarabosse* ! » répliqua le père.

Laurent s'esclaffa. Le père ajouta, essoufflé :

« Espérons que le dromadaire s'arrêtera boire un coup à la prochaine oasis ! On en profitera pour le capturer. »

« On le mettra au zoo ! » ricana Laurent. « Ce serait amusant d'exposer un lit dans une cage ! »

« Ça existe », riposta le père. « Ça s'appelle un lit-cage. »

Il affirmait ça si sérieusement que Laurent le reluqua d'un air suspicieux. Puis il estima que son père plaisantait et il éclata de rire. Le lit dromadaire fuyait devant eux.

« Une chance que la rue soit déserte ! » dit le père.

« Oui ! » approuva Laurent. « Il ne faudrait pas qu'un autre lit vienne en sens inverse. Hi-Hi-Hi ! Ça provoquerait un embouteillage ! »

« C'est pour cette raison », expliqua le père,

« que la préfecture de police interdit la circulation des lits dans Paris aux heures de pointe. »

« Ah? » fit Laurent.

Puis il réalisa que son père faisait de l'humour, et il éclata de rire. Un clochard fouilleur de poubelles releva la tête au passage du lit :

« Mince ! » dit-il. « Un lit trotteur ! Tu l'as vu, Tatave? »

Tatave, son collègue, ne se retourna même pas et demanda :

« Il était de quelle marque? Peugeot ou Citroën? »

Le premier clochard se grattait la tête lorsque Laurent et son père passèrent à leur tour à grandes enjambées.

« Tatave ! » appela le clochard. « Je viens de voir deux types poursuivre le lit ! »

« C'est parce que le conducteur n'a pas de permis de conduire ! » répliqua Tatave sans regarder.

Mais les poursuivants ne s'attardèrent pas. Ils grignotaient peu à peu l'avance prise par le lit.

« Claraaa ! » appela Laurent.

« Ne l'appelle pas ! » lui recommanda son père. « Si tu la réveilles, elle risque d'avoir peur et de tomber ! »

C'était juste. La poursuite reprit en silence. On atteignait le bas de la rue Mouffetard quand une automobile surgit en sens inverse. Le chauffeur vit le lit foncer à sa rencontre et, pour l'éviter, fit une embardée sur le trottoir. L'auto s'immobilisa. Le chauffeur abaissa la vitre : il vit le père et Laurent accourir. Il bredouilla :

« C'était... C'était une gamine... qui... qui était dans son lit ! »

« Et alors ! » lui rétorqua le père. « A cette heure-ci, où voulez-vous qu'elle soit ! »

« Heu... » fit l'automobiliste impressionné.

Le père contourna la voiture :

« Chauffeur ! » ordonna-t-il. « Faites demi-tour et rattrapez ce lit ! »

« Heu... Je... Oui, montez », dit l'automobiliste.

Laurent et son père s'installèrent à bord de l'auto. Le chauffeur mit le contact et le véhicule fit, dans la petite rue en pente, un demi-tour dérapé digne d'un pilote de grand prix.

« En avant toute ! » exigea le père de Laurent.

L'auto s'élança. Le lit fut bientôt en vue. Il trottait au milieu de l'avenue des Gobelins, une patte soulevée après l'autre. Flop, Flop, Flop.

« C'est... C'est... » balbutia le chauffeur à ce spectacle.

« C'est un lit », dit le père.

« Non. C'est... C'est fantastique ! » dit le chauffeur.

« Pardon ! C'est *enfantastique* ! corrigea Laurent l'index levé.

« Ah bon », dit le chauffeur.

« Doublez ce lit ! » ordonna le père.

Le chauffeur accéléra. L'auto dépassa le lit promeneur. Laurent repéra sa sœur tranquillement couchée en chien de fusil sous la couverture, son ours en peluche dans une main, et le pouce de l'autre main dans la bouche.

« C'est bien elle la plus heureuse ! » ronchonna Laurent.

L'auto doubla le lit.

« Jetez l'ancre ! Stop ! » cria le père.

Le chauffeur écrasa le frein. La voiture zigzagua, s'immobilisa au bord du trottoir. Laurent et son père en jaillirent pour faire face au lit qui venait. Ils écartaient les bras pour lui barrer la route comme à un animal rétif. Le lit fit un crochet, on aurait juré qu'il cherchait à les éviter.

« Il se sauve ! » cria le père en plongeant en avant comme un joueur de rugby pour capturer le pied gauche du lit.

Il manqua sa prise et roula par terre. Il se releva. Le lit galopait devant.

« Laurent ! » appela le père.

Pas de réponse. L'automobiliste était venu au secours du père :

« Vous cherchez votre fils ? Je l'ai vu bondir sur le lit. »

« Mille sabords ! » dit le père.

« Regardez ! Le lit essaie de se débarrasser de lui ! »

Plus haut, dans l'avenue, le lit se cabrait,

ruait, se contorsionnait à la façon d'un mustang sauvage, et Laurent se cramponnait à sa tête en cavalier de rodéo.

« Heureusement que Clara était bien bordée ! » bougonna le père.

Puis il appela :

« Cramponne-toi, Laurent ! Tiens bon ! »

« Il a du cran ! » approuva le chauffeur.

« Oui », dit le père. « On en fera *inévitablement* quelque chose si les petits cochons ne le mangent pas avant ! »

Il était essoufflé et s'était fait mal à l'épaule dans sa chute. Le chauffeur et lui virent le lit foncer au loin vers la place d'Italie et prendre le sens giratoire...

« Voulez-vous que je vous reconduise chez vous ? » offrit le chauffeur.

Ils firent demi-tour. La mère attendait dans l'appartement en compagnie de deux agents de police. Elle prit peur en voyant son mari revenir sans les enfants. Il la consola :

« Tout se passe bien, Laurent est avec sa sœur... »

Et il raconta la poursuite.

« Le lit nous a lâchés place d'Italie », conclut le chauffeur de l'automobile.

Les agents de police descendirent l'escalier en sautant les marches trois par trois. Leur voiture démarra aussitôt, et l'on entendait un agent parler dans sa radio comme il avait vu faire dans les feuilletons américains de la télévision: « Appel à toutes les voitures ! Appel à toutes les voitures ! »

Les parents remercièrent le chauffeur. Il les laissa après qu'on lui eut promis de lui donner des nouvelles des enfants.

« Ils reviendront ! » disait-il. « Si ce lit est déjà sorti auparavant, n'est-il pas toujours revenu ? »

« Espérons ! » répondit le père.

Le chauffeur parti, le père et la mère restèrent silencieux et seuls dans la salle de séjour. Ils avaient laissé la fenêtre ouverte et guettaient les bruits de rue. Le père était tellement soucieux qu'il avait oublié de remettre ses charentaises et qu'il les tenait encore à la main.

« Tes chaussettes sont percées », murmura la mère.

Les deux gros orteils disaient coucou dans les trous quand le père les remuait. Il chaussa ses pantoufles. L'attente recommença. Le père et la mère somnolaient lorsqu'un grincement les fit sursauter :

« Le lit ! » chuchota le père.

Les parents bondirent à la fenêtre. Le lit était de retour sans se presser rue Marcel-Aymé. Clara et Laurent dormaient dedans côte à côte.

« Eteignons ! » dit le père en courant à l'interrupteur.

Il craignait que le lit après son escapade n'ose pas réintégrer la chambre à cause de la lumière.

Il revint à la fenêtre. Le lit se dandinait au pied de l'immeuble. Les parents le virent appuyer ses pattes de devant contre le mur à la façon d'une chèvre.

« Passons dans la chambre de Clara ! » chuchota le père.

Quand ils y entrèrent tout doucement, les pieds du lit dépassaient l'appui de la fenêtre. Le lit se souleva sans effort, enjamba l'obstacle, et se posa dans la chambre. Il gagna son coin habituel et n'en bougea plus. La mère voulait se précipiter auprès de ses enfants, mais le père la retint :

« Laissons-les dormir. Pour une fois qu'ils ne se chamaillent pas… »

Clara dormait, le doigt dans la bouche, et Laurent un bras sous la tête. La mère referma tout de même la fenêtre, par sûreté.

« Il faudra clouer ce lit au plancher ! » dit-elle. « Je n'aime pas que Clara s'en aille en promenade toutes les nuits ! »

Les parents se retirèrent sur la pointe des pieds. Avant de se coucher, la mère inspecta leur lit avec méfiance. Elle se demandait s'il n'allait pas la nuit déambuler comme celui de leur fille sans qu'ils s'en fussent jamais rendu compte. Le père pensait à Laurent. Il hochait la tête et souriait :

« Sûr qu'on en fera quelque chose si les petits cochons ne le mangent pas ! »

# L'enfant lanceur de livres

En classe, les élèves faisaient un devoir de grammaire. Ils encadraient les verbes, les sujets, les compléments d'un texte, soulignaient les noms et les adjectifs qualificatifs. Manon s'approcha sans bruit du bureau du maître et elle chuchota :

« Tu ne sais pas?... » (Elle tutoyait le maître.)

« Non, mais je vais savoir. »

« Valérien lance des livres par la fenêtre. »

« Quoi? »

Le maître releva la tête. Il faisait dehors un temps magnifique et la fenêtre était grande ouverte. La mignonne Manon répéta :

« Je l'ai vu faire. Il attrape ses livres et les lance par la fenêtre. »

« Mais... » balbutia le maître avec émotion.

Il se leva, se dirigea vers la table de Valérien :

« Valérien, montre-moi tes livres... »

Valérien ouvrit la bouche sans un son. Puis il plissa les lèvres, ramena les dents de la mâchoire supérieure par-dessus la lèvre inférieure avec embarras.

« Montre-moi tes livres », répéta le maître.

Valérien restait coi. Le maître alla regarder dehors par la fenêtre. Il se pencha pour examiner la cour, deux étages au-dessous. Pas de livres. Pas de livres non plus dans les acacias. Le maître se reposta devant la table de Valérien :

« Où sont tes livres? »

Valérien tendit l'index timidement en direction de la fenêtre. Les élèves avaient abandonné le travail et Manon les renseignait :

« Il a lancé ses livres par la fenêtre. »

« Oh ! »

« C'est vrai ! » confirma Quentin. « Moi aussi je l'ai vu faire. Il a même lancé des livres de bibliothèque. »

Valérien gardait le silence en se mordant la peau d'un doigt.

« Est-ce vrai ? » demanda le maître.

Valérien abaissa la tête à plusieurs reprises.

« Mais pourquoi ? » s'écria le maître. « Et où sont les livres ? »

« Ils vont revenir », murmura Valérien.

« Mais oui ! » ironisa le maître. « Ils monteront l'escalier et frapperont à la porte ! »

Valérien secoua la tête avec un sourire timide :

« Non », dit-il. « Pas comme ça. »

« Combien de livres as-tu lancés ? »

« Une dizaine… »

« Une dizaine ! » s'écria le maître. « Mais pourquoi ? »

Valérien baissait la tête. Il marmonna :

« Ils vont revenir. Plusieurs sont déjà revenus. »

« Où les as-tu lancés ? Dans la cour ? »

« Non. En l'air. »

A la fin, le maître se fâchait. Les élèves trouvaient eux aussi que leur camarade exagérait.

Les livres, ça ne se lance pas comme des cailloux !

« Va les ramasser », ordonna le maître. « Tâche de les rapporter tous. »

Mais Valérien ne bougeait pas. Il dit :

« Les livres ne sont pas dans la cour. »

« Où sont-ils ? Partis se promener peut-être ? »

« Oui. »

Du coup, le maître recula comme s'il venait d'entendre une horreur. Un murmure parcourut la classe. On voyait que Monsieur Lebois s'efforçait de rester calme.

« Quels livres as-tu lancés ? » demanda-t-il après avoir respiré profondément.

« Le livre de mathématiques, le livre de lecture, le livre de grammaire, le livre de géographie, le livre d'histoire de France, le livre de sciences, le cahier de récitations, le... »

« Tu as aussi lancé des cahiers ? »

« Ben oui. »

« Et quoi encore ? »

« Le carnet de correspondance. »

« Et encore ? »

« Trois livres de bibliothèque, deux bandes dessinées et un dictionnaire. »

« Un dictionnaire ! »

Le maître retourna à la fenêtre, s'y pencha désespérément. Il n'y avait rien dans la cour. Quelqu'un avait tout ramassé. Le maître s'adressa à Manon :

« Tu l'as vu lancer les livres ? »

« Oui. »

« Moi aussi », dit Quentin. « Il les lançait comme des avions. »

« Comment ? »

« Les livres s'envolaient en l'air. »

« Comment ça ? »

Pour se faire comprendre, Quentin se leva, écarta les bras et les agita comme des ailes d'oiseau :

« Comme ça », dit-il. « Ils battaient des pages. »

Les élèves éclatèrent de rire. Le maître les fit taire. Il parlait à Quentin :

« Tu veux dire que les livres s'élevaient en l'air ? »

« Oui. Ils décollaient par la fenêtre. Mais c'était Valérien qui les envoyait. »

Le maître porta sa main droite à son menton. Il était perplexe :

« Et où sont les livres à présent ? »

Valérien eut un geste d'ignorance. Il étendit la main en avant et répondit :

« Loin. Ils voyagent. »

Il s'empressa d'ajouter pour ne pas faire de peine à Monsieur Lebois :

« Mais ils reviendront ! Ils reviennent toujours ! »

Le maître fronça les sourcils. Les maîtres n'aiment pas qu'on envoie les livres par la fenêtre, c'est leur défaut.

« Valérien », dit-il. « Va devant le tableau t'expliquer. »

Valérien obéit. Le maître s'assit au bureau. Les élèves prêtèrent attention au lanceur de livres.

« Nous t'écoutons », dit le maître.

« Eh bien », dit Valérien, « je prends les livres... »

« Comment procèdes-tu ? Montre-nous. »

Valérien saisit un livre sur la table de Florie, mais la fillette protesta et le lui arracha des mains :

« Non ! Pas le mien ! »

« Prends celui-ci », dit le maître en confiant à Valérien un livre qui lui appartenait. « Montre-nous comment tu le lances. »

Valérien attrapa le livre entre le pouce et l'index de la main droite. Le dos du livre se trouvait vers le bas et les pages ouvertes vers le haut. Il le souleva et tendit la main gauche en avant pour faire contrepoids tandis qu'il s'appuyait en arrière sur la jambe droite. Il s'immobilisa, en attente :

« Est-ce que je le lance pour de bon ? » demanda-t-il.

« Lance-le ! » ordonna le maître.

Alors Valérien lança le livre par la fenêtre. Celui-ci partit comme un avion de papier, à la différence qu'il battait des pages. Le maître se précipita à la fenêtre en regardant vers le sol, où le livre aurait dû tomber. Mais le livre ne tombait pas: il s'élevait au contraire au-dessus des arbres de la cour. Les élèves se portèrent en foule aux fenêtres avec curiosité. Le livre volait. Il décrivit un large cercle, parut s'orienter, et fila soudain à tire-d'aile (pardon: à tire de page) vers la Seine. Le maître s'était redressé:

« Saperlipopette ! »

« *Supergalipette* ! » répondit la classe.

« Moi, mon père, il dit mille sabords ! » fit entendre Clara.

Tout le monde se rassit. Valérien était resté au tableau; les élèves s'accordèrent un instant de réflexion.

« Mais où vont donc les livres ? » demanda le maître enfin.

« Ça dépend », répondit Valérien.

« Mais encore ? »

« Des fois ils vont loin, des fois pas. Et des fois, ils... »

Valérien s'interrompit en désignant la fenêtre ouverte:

« Justement ! En voilà un de retour ! »

La classe bondit aux fenêtres. Un livre arrivait de l'Ouest, ce n'était pas celui que Valérien venait de lancer.

« Dégagez la fenêtre ! » dit le maître.

Le livre battait des pages. Il survola les têtes des enfants et se posa sur la table de Valérien. Il ne bougeait plus mais le maître et les élèves le lorgnaient avec appréhension. C'était le livre de mathématiques.

« D'où vient-il ? » chuchota Quentin. (Il avait baissé la voix comme si le livre pouvait l'entendre.)

« Il ne va pas s'envoler de nouveau ? » demanda le maître.

« Non », répondit Valérien. « Il s'envole seulement si je le lance. »

« D'où vient-il ? »

Valérien contourna les tables et s'empara du livre. Il l'ouvrit et lut quelques lignes en silence. Tout le monde attendait.

« Alors ? »

« Il arrive de Bretagne », annonça Valérien.

« Mais comment le sais-tu ? » s'étonna le maître par-dessus les murmures.

Valérien continuait sa lecture. Il prit son temps pour préciser :

« Une tempête a soufflé au-dessus de la Pointe du Raz, un navire était en perdition. Les pêcheurs ont été sauvés par la Marine nationale. »

« Mais... » répéta le maître. « Comment le sais-tu ? »

« C'est le livre qui le raconte. »

« Montre. »

Le maître prit le livre. A la page indiquée par Valérien, on voyait une présentation des unités de longueur, et des exercices du genre :

« 3 m = ? cm ». Les élèves entouraient Monsieur Lebois. Ils étaient aussi déçus que lui.

« Tu te moques de nous ! » reprocha le maître à Valérien. « Il n'y a que des mathématiques dans ce livre. »

« Mais non ! » protesta Valérien. « La tempête a soufflé en mer et… »

« Taratata ! » coupa le maître. « Le livre dit qu'un mètre vaut cent centimètres et que cent centimètres valent un mètre ! »

« Mais il y a eu une tempête ! » se défendait Valérien.

« Nous vérifierons ! » promit le maître.

Alexandre levait le doigt. Il fit remarquer :

« Si Valérien dit la vérité, alors il doit pouvoir lire le nom du bateau naufragé ? »

« Bonne remarque ! » approuva Monsieur Lebois.

Valérien consulta le livre. On pouvait constater, en observant ses yeux, qu'il lisait vraiment quelque chose, même si l'on ne voyait pas de lignes écrites. Il déclara enfin :

« C'était un chalutier de Concarneau qui s'appelait *La Belle Annick*. Le remorqueur de la Marine nationale est *Le Bienvenu.* »

Monsieur Lebois écarquillait les yeux. On aurait pu entendre une mouche tousser dans la classe si les mouches avaient eu la bronchite. Valérien raconta encore :

« Le patron du chalutier, le père Dantec, a été

sauvé avec son équipage de trois marins-pêcheurs. Ils font maintenant route vers Brest. Mais le chalutier a coulé. »

Silence de la classe. Annelise vérifia, soupçonneuse :

« C'est le livre qui raconte ça ? »

« Oui », confirma Valérien. « Il voyageait là-bas. Il a rapporté ses souvenirs. »

« Et qu'est-ce que racontent les autres pages ? » s'enquit Sivane, aussi méfiante qu'Annelise.

Valérien feuilleta le livre voyageur :

« Il a survolé Rennes. Il a assisté à une manifestation de paysans. Ils ont lâché des cochons dans les couloirs de la préfecture et bombardé le préfet à coups d'artichauts. »

Tout le monde était éberlué. Valérien reprit la parole :

« Il pensait aller aux États-Unis, mais il a préféré rentrer pour ne pas affronter la tempête. Il paraît qu'en mer, les vagues étaient aussi hautes que des... »

Valérien s'interrompit, le regard tourné vers la fenêtre. Les enfants pivotèrent :

« Voilà un autre livre ! »

Il arrivait vite. Il s'engouffra dans la classe, fit un tour au ras du plafond avant d'atterrir sur la table de Valérien. C'était le livre de grammaire. Le maître le cueillit avec précaution.

« Que dit-il ? D'où vient-il ? » s'impatientaient les enfants.

« Je l'ignore », avoua le maître. « Je ne lis que des exercices de grammaire. »

« C'est parce que vous ne regardez pas les pages comme il faut », dit Valérien.

« Et comment faut-il regarder ? »

« Il faut faire comme si on fermait les yeux en lisant les mots. »

« Pardon ? »

« Bien entendu », reprit Valérien, « on ne les ferme pas pour de bon. Sinon on ne comprendrait rien. Il faut lire en faisant *comme si* on fermait les yeux. »

« Comme si on rêvait ? » demanda Anaïs.

« Oui. »

Le maître essaya. Tout à coup il pâlit et s'écria :

« Fantastique ! »

« Non, *enfantastique* ! corrigea la classe d'une seule voix.

« Extraordinaire ! »

Les enfants attendaient, suspendus à ses lèvres :

« Le livre arrive du Nord. La tempête a sévi aussi dans la Manche. L'hydroglisseur entre la France et l'Angleterre a rebroussé chemin à cause du gros temps. »

Le maître déposa le livre sur la table. Il était bouleversé (le maître, pas le livre). Ainsi, les ouvrages venus du dehors en savaient plus long que les ouvrages scolaires! C'était le monde renversé. Les élèves se jetèrent sur le livre de grammaire de Valérien. Ils étaient avides de nouvelles fraîches. Justement, d'autres livres regagnaient leur base en planant. Les curieux les accaparèrent. Jamais auparavant ils n'avaient manifesté un pareil appétit de lecture. Ils lançaient les informations déchiffrées comme des cris de joie:

« Oh! » s'exclamait Julie devant un livre de géographie, « la reine de Moldavie a eu des triplés! »

« Oh! » s'écriait Sivane devant un livre de sciences qui venait d'exécuter un superbe looping avant d'atterrir, « on a retrouvé la trace de l'abominable homme des neiges en Haute-Savoie! »

« Oh! » riait Erwan. « Un original allemand a rempli sa piscine avec de la bière de Munich! »

Les livres apportaient une moisson d'informations passionnantes.

« Nous pourrions les vendre aux journaux! » dit Renaud.

« Ou devenir journalistes nous-mêmes! » dit Annelise.

« Toute la classe! » ajouta Florie.

« Oui! Oui! »

Valérien expédia d'autres livres aux nouvelles. Le maître s'était remis de ses émotions.

« Nous laisserons toujours la fenêtre ouverte », proposa-t-il. « Au fur et à mesure que les informations reviendront, nous les écrirons sur des feuilles que vous punaiserez aux murs de la classe. Nous ferons des photocopies pour tous les élèves de l'école. Qui veut se charger de ce travail ? »

« Moi ! Moi ! Moi ! » Tous voulaient travailler. Le maître organisa le service.

« Et maintenant », dit-il, « j'ai une nouvelle à vous communiquer, moi aussi. »

Tout le monde lui prêta attention.

« C'est que votre devoir de grammaire n'est pas terminé et qu'il vous attend. »

Les enfants firent entendre un grognement désappointé. Mais ils se remirent à l'ouvrage. S'ils voulaient devenir journalistes, mieux valait apprendre le français.

# L'enfant qui faisait croire aux gens ce qu'il voulait

« Moi je fais croire aux gens tout ce que je veux », déclara Alexandre.

Le garçon et son inséparable ami Bruno bavardaient avec la vieille dame aux pigeons sur la place de la Contrescarpe.

« Qu'est-ce que tu leur fais croire ? » demanda la vieille dame.

Alexandre allait répondre mais un pigeon le devança d'un air ironique :

« Rrou ! Qu'il a eu un 10 en classe alors qu'il a eu un zéro ! »

« Rrou ! c'est facile ! » roucoula un autre. « Il suffit de tracer un bâton devant le zéro et le tour est joué ! »

Alexandre haussa les épaules :

« Il ne s'agit pas de ça. D'ailleurs je n'ai jamais de zéros à l'école. »

« De quoi s'agit-il ? » demanda la vieille dame. « Montre-moi ce que tu sais faire. »

« D'accord. »

Alexandre tira une petite pièce jaune de sa poche.

« Vous voyez cette pièce de 10 francs ? »

« Oui », dit la vieille dame. « C'est une pièce de 10 francs. Qu'a-t-elle de spécial ? »

« Justement ! » dit Alexandre. « Ce qu'elle a de spécial, c'est que c'est une pièce de 10 centimes. »

« Ah ? » fit la vieille dame en réexaminant la pièce.

« Et vous avez cru que c'était une pièce de 10 francs parce que c'est moi qui vous l'ai dit. »

« Tu sais », fit remarquer la vieille dame pas très convaincue, « ma vue n'est plus bonne. Et puis je confonds encore les anciens francs et les nouveaux… »

« Non, non », dit Alexandre. « C'est mon pouvoir qui vous a bernée. La preuve : vous voyez cette pièce de un franc ? »

Il montrait en fait la même petite pièce jaune.

« Heu, oui », dit la vieille dame en observant la pièce. « C'est une pièce de un franc, et après ? »

Les deux garçons éclatèrent de rire :

« Après », dit Alexandre, « c'est la pièce de 10 centimes que je vous ai déjà montrée. »

« Il a suffi qu'il vous dise que c'était une pièce de un franc pour que vous le croyiez ! » ajouta Bruno.

« Saperlipopette ! » murmura la vieille dame.

« Saperli… *poète* ! » répondirent les garçons.

« Et qu'allez-vous faire de ce pouvoir ? » demanda la vieille dame.

« Acheter des gâteaux », répondit Alexandre.

Les deux camarades s'éloignèrent en agitant la main :

« Au revoir ! Au revoir ! »

« Au revoir ! Vous me raconterez la suite ! »

Les enfants entrèrent dans la rue Mouffetard et poussèrent la porte de la pâtisserie :

« Bonjour, Madame. »

« Bonjour », dit la pâtissière. « Qu'est-ce que je vous sers ? »

Alexandre tira de sa poche la pièce de 10 centimes :

« Qu'est-ce que je peux acheter pour 10 francs ? »

La pâtissière proposa :

« Les croissants valent 3 francs, les pains et les éclairs au chocolat valent 4 francs, les chaussons aux pommes 5 francs, les relig... »

« Je prendrai deux éclairs au chocolat », l'interrompit Alexandre. « Voici 10 francs. »

Il tendit sa pièce de 10 centimes. La pâtissière dit merci et la déposa dans le tiroir-caisse. Puis elle servit deux éclairs aux enfants et rendit deux pièces de un franc à Alexandre en comptant à voix haute :

« Deux éclairs à 4 francs font 8 francs. Comme tu me donnes 10 francs, je te rends 2 francs. Ne les perds pas. »

« Merci, Madame. Au revoir, Madame. »

« Au revoir, les enfants. »

On pourra remarquer qu'ils étaient polis, ces garçons. Ils firent quelques pas dans la rue en dégustant la crème au chocolat. Ils parlaient la bouche pleine.

BRUNO : « Ch'est exchtraordinaire ! La pâtichière ne ch'est rendu compte de rien ! »

ALEXANDRE : « Ch'est normal. Ch'est à cause de mon pouvoir. »

BRUNO : « Cha fait combien de temps que tu l'as, che pouvoir ? »

ALEXANDRE : « Je ne chais pas. Je me chuis aperchu que je l'avais che matin en me trompant de pièche dans un magasin chans le faire exchprès. »

« Ch'est chenchachionnel ! » postillonnait Bruno.

Ils avaient mangé leurs gâteaux.

« Qu'est-ce que tu dirais d'une glace à présent ? » suggéra Alexandre.

« Excellente idée ! » approuva son compère.

Ils firent halte devant la carriole du marchand. Alexandre exhiba ses deux pièces de un franc :

« Bonjour, Monsieur. J'ai deux pièces de 10 francs. Est-ce que je peux avoir deux glaces pour 20 francs ? »

« Certainement », répondit le glacier en reluquant les deux pièces sans rien remarquer d'anormal. « Tu peux avoir deux glaces à 2 boules, et je te rendrai 4 francs puisque chaque glace ne coûte que 8 francs. »

« Bon », dit Alexandre. « Pistache et vanille pour moi, s'il vous plaît. »

« Et pour moi fraise et chocolat », ajouta Bruno.

« Voilà ! » dit le glacier. « Et n'oubliez pas votre monnaie. »

Il rendit 4 francs aux chenapans.

« Merci », dit Alexandre.
« Au revoir », dit Bruno.
« A votre service », répondit le glacier.

Les garçons se promenèrent en dégustant les glaces. Ils riaient et échangeaient des coups de coude complices.

« Hi-Hi-Hi ! » riait Alexandre. « Je n'avais que 10 centimes avant d'entrer dans la pâtisserie, et maintenant j'ai 4 francs ! »

« Hi-Hi-Hi ! » riait Bruno. « Plus tu dépenses plus tu t'enrichis ! »

« Qu'est-ce qui vous amuse, les garçons ? » demanda subitement Sivane qui passait par là. (Cette curieuse passait toujours partout et même ailleurs.)

Bruno la renseigna :

« C'est Alexandre ! Il fait croire aux gens tout ce qu'il veut ! »

« Quoi, par exemple ? »

« Par exemple qu'il a 10 francs quand il ne les a pas ! »

« Et ça sert à quoi ? » s'enquit Sivane.

« A acheter des trucs », dit Bruno. « Si tu veux une glace, il peut te l'acheter avec une pièce de 10 centimes. »

« Comment ? »

« Laisse tomber », dit Alexandre à son camarade. « Les filles ne comprennent jamais rien. »

« Minute ! » s'écria Sivane vexée. « Ce n'est pas parce que je suis une fille que tu as le droit de me parler sur ce ton ! » Elle se redressa fièrement et ajouta : « Au contraire ! »

« D'accord », admit Alexandre pour sceller la paix. « Tu veux une glace ? »

« Je ne refuse pas, mais je n'ai pas d'argent. »

Elle fouilla ses poches et en extirpa 10 centimes :

« Plus exactement, il me reste 10 centimes. »

« Donne », dit Alexandre.

Il se dirigea vers la carriole du glacier. Sivane et Bruno l'attendaient sur le trottoir d'en face. Ils virent leur camarade parler au glacier, tendre la pièce de 10 centimes et recevoir 2 francs et une glace. Alexandre revint et offrit la glace à Sivane :

« Je t'ai choisi vanille et framboise », dit-il.

« Mais ? » fit Sivane interloquée.

« Voilà ta monnaie », ajouta Alexandre en lui remettant les 2 francs.

Sivane ouvrait la bouche en silence.

« Ferme ta bouche », dit Alexandre, « sinon les mouches vont entrer dedans. »

Les garçons riaient.

« Mais c'est impossible ! Mathématiquement impossible ! » s'écria Sivane subitement. « Je te donne 10 centimes, tu achètes une glace à 8 francs et tu me rends 2 francs ! C'est mathématiquement impossible ! »

« Tais-toi et déguste », dit Alexandre. Il marmonna : « Comme les filles sont bavardes ! »

« Minute ! » revendiqua Sivane. « Explique-toi ! »

« Quelle curieuse ! » grommela Alexandre avec impatience.

Il tourna les talons. Sivane resta sur place avec Bruno.

« Puisqu'on te dit qu'Alexandre a un pouvoir ! » s'écria ce dernier.

Il voulut rattraper son ami. Sivane le retint par la manche :

« Un pouvoir ! Quel pouvoir ? Tout le monde a un pouvoir dans le quartier ! »

« Mais le pouvoir d'Alexandre est spécial ! » affirma Bruno. « Il fait croire aux gens tout ce qu'il veut. Tu as compris ? »

Les enfants retrouvèrent l'enfantastique. Sivane exigea : « Montrez-moi ! »

« Quel casse-pieds ! » protesta Alexandre.

« Montre-lui », proposa Bruno, « sinon elle nous collera au derrière toute la journée. »

« Bon, d'accord », dit Alexandre.

Sivane apprécia : « Je vois que vous êtes aimables, tous les deux ! » persifla-t-elle. « Mais vous feriez mieux de m'expliquer votre tour de passe-passe ! »

« Ce n'est pas un tour, c'est un pouvoir », corrigea Bruno.

« C'est même du commerce », ajouta Alexandre. « Redonne-moi tes 2 francs pour la démonstration. »

Ils se déplacèrent jusqu'à la boutique du marchand de gadgets. Elle s'ouvrait sur la rue comme un large couloir où l'on vendait des montres, des casquettes, des baladeurs, des lunettes de soleil, des pistolets à eau, des badges lumineux, des pinces à cheveux fluorescentes, des confetti, des bagues en laiton, etc. Le vendeur vint au-devant de ses clients :

« Alors les enfants ? Qu'est-ce qui vous ferait plaisir ? »

« Ça dépend », répondit Alexandre en présentant ses six pièces de un franc (les deux de Sivane et les quatre siennes). « J'ai seulement 60 francs. Qu'est-ce que je peux acheter pour cette somme ? »

« Hé ? » s'étonna Sivane. « Ce n'est pas vr... Aïe ! »

Bruno venait de lui flanquer un coup de coude dans les côtes pour qu'elle tienne sa langue. Le marchand n'avait rien remarqué et pérorait :

« Tu peux acheter une montre à sonnerie musicale pour 58 francs. Elle te plaira, elle joue *Petit papa Noël.* »

« Je la prends », décida Alexandre.

Le marchand emballa la montre. Il encaissa 6 francs au lieu de 60, et rendit 2 francs : soit une pièce de un franc et deux pièces de 50 centimes. Mais Alexandre refusa les pièces de 50 centimes poliment et demanda :

« Excusez-moi. Au lieu de ces deux pièces de 50 francs, pourriez-vous me donner un billet de 100 francs? »

« Certainement », accepta le vendeur.

Il sortit du tiroir-caisse un billet de 100 francs.

« Merci ! »

Alexandre quitta la boutique, et Bruno lui emboîta le pas. Sivane était restée plantée, ahurie.

« Et toi, que désires-tu? » lui demanda le vendeur.

« Heu, moi, je, heu... »

« Elle est avec nous », dit Bruno revenu précipitamment sur ses pas.

Il la remorqua dehors. Elle disait :

« Ça alors ! Ça alors ! Ça alors ! »

« Change de disque », conseilla Alexandre.

« Mais c'est incroyable ! Ahurissant ! »

« Ça va. Prends le billet de 100 francs et va faire de la monnaie », ordonna Alexandre. « Demande des billets de 20 francs. »

Sivane courut à la librairie et revint avec cinq billets.

« Bon », dit Alexandre. « Dans quel magasin irons-nous? »

« A la pâtisserie? » proposa Bruno en passant sa langue sur ses lèvres avec gourmandise.

« Au magasin de jouets ! » s'écria Sivane.

Ils se dirigèrent vers le magasin. La devanture était peuplée de poupées, d'autos téléguidées, de robots transformables, de cent autres jouets.

Les enfants entrèrent et saluèrent la marchande :
« Bonjour, Madame. »
« Bonjour, mes enfants. Qu'est-ce que vous voulez ? »
« Une poupée », répondit Sivane.
« Combien coûte celle-là ? » s'enquit Alexandre en désignant une jolie poupée blonde en robe de mousseline.
« 150 francs. »
« Voilà 200 francs », annonça Alexandre en remettant à la marchande un billet de 20 francs.
« Merci. »
La marchande rendit 50 francs à l'enfantastique.
« Combien vaut ce vélo tout terrain ? » demanda-t-il.
« 578 francs. »
« Je le prends », décida Alexandre. « Voilà 700 francs. »
Il présentait le billet de 50 francs et un billet de 20 francs.
« Merci », dit la vendeuse. « Attends ta monnaie. »
Alexandre reçut 2 francs, 20 francs et deux billets de 50 francs.
« Tu veux un vélo ? » demanda-t-il à Bruno.
« Je veux bien. Le même que le tien. »
Alexandre étala sur le comptoir trois billets de 20 francs :
« Voilà 600 francs. »

« Bon », dit la vendeuse en faisant ses calculs à voix haute. « Tu me donnes 600 francs pour 578 francs, je te dois 22 francs. »

Alors il demanda de la monnaie pour les 20 francs et réclama quatre billets de 50 francs à la place, qu'il fit remplacer par quatre billets de 500 francs. Puis il échangea les pièces de un franc contre des pièces de 10, et les pièces de 10 contre des billets de 100 francs.

« Et maintenant », dit-il, « je m'offrirais bien une planche à roulettes. Et vous, les amis ? »

« Moi une auto téléguidée rouge », précisa Bruno. « La plus grosse. »

« Et moi des patins à roulettes », dit Sivane. « Et un vélo. »

La marchande faisait ses comptes :

« Nous disons : une planche à roulettes 375 francs, plus une auto téléguidée 525 francs, plus une paire de patins 390 francs, plus un vélo 578 francs, égale... je pose 8 et je retiens 1, je pose 6 et je retiens 2, je pose 18... Total : 1868 francs. »

« Voilà 2000 francs », dit Alexandre en étalant quatre billets de 500 francs devant la commerçante, et cette fois il disait la vérité.

« Je te dois », dit la marchande... (et elle se remit à faire des calculs en marmonnant)... « 8 ôté de 10, égale 2 et je retiens 1 ; 7 ôté de 10 égale 3, et je retiens 1 ; 9 ôté de 10 égale 1, et je retiens 1... Je te dois 132 francs. »

Elle paya : deux billets de 50 francs, un billet de 20 francs, une pièce de 10 francs et deux pièces de un franc.

« Merci », dit Alexandre. « Pourriez-vous m'échanger les 2 pièces de 10 francs » (il s'agissait des 2 pièces de un franc) « contre un billet de 20 francs ? »

« Mais oui, mon garçon. »

Les enfants étaient très polis.

« Maintenant », déclara Alexandre, « je m'achèterais bien un bateau maquette. Tu en veux un aussi, Bruno ? »

« Je préfère un train électrique. »

« Et toi, Sivane ? »

« Un landau. »

« Ça fera 1 047 francs », calcula la marchande. « Et tenez, pour vous, ça fera 1 000 francs seulement parce que vous êtes de bons clients. Je vous fais une remise de 47 francs. »

« Merci, Madame », dit Alexandre, « voici deux billets de 500 francs. »

Et il paya avec 2 billets de 50 francs. La vendeuse ne remarqua rien. Elle était joyeuse d'avoir fait d'aussi bonnes affaires. Elle disait :

« Vous aurez besoin d'un camion pour emporter tout ce que vous m'avez acheté. »

« Vous pourriez peut-être nous le livrer ? » suggéra Bruno.

« Certainement. Est-ce qu'il vous faudra autre chose ? »

Les enfants s'apprêtaient à partir. Mais puisqu'on les relançait, ils restèrent. Et le commerce recommença :

« Ma foi, oui », dit Alexandre. « Pendant qu'on y est, vendez-moi une paire de raquettes de tennis et une douzaine de balles. »

« Et aussi un ballon de football », ajouta Bruno.

« Et une panoplie d'infirmière », compléta Sivane.

Et ils achetèrent des tas d'autres choses. Chaque fois qu'ils effectuaient un achat, la vendeuse leur donnait de l'argent. Bruno et Sivane se poussaient du coude en riant sous cape. Ils contemplaient leur camarade imperturbable au pouvoir si extravagant. Alexandre achetait, achetait. Une table de ping-pong. Un jeu de baby-foot. Alors ils l'aidèrent, demandèrent d'autres panoplies, d'autres poupées, d'autres jeux, des petits soldats, un cheval à bascule, des cerfs-volants, que sais-je encore ! Chaque achat les enrichissait. Plus ils dépensaient et plus ils pouvaient dépenser. A la fin, ce fut la vendeuse qui se retira. Justement, la vieille dame aux pigeons était arrivée jusqu'ici par curiosité. Elle vit la brave marchande sortir, et les trois enfants danser et chanter dans la boutique de jouets.

Savez-vous pourquoi ils dansaient ?

Ils avaient acheté le magasin.

# La leçon de parapluie

« Bon. Vous avez vos parapluies ? »

« Oui ! Oui ! Moi j'ai celui de ma mère ! » « Moi celui de ma sœur ! »

« Alors alignez-vous. »

Elles étaient cinq filles sur la place de la Contrescarpe : Emilie, qui dirigeait les opérations, Karen l'étourdie, Manon la mignonne, Camille et Florie. Il faisait un agréable temps printanier, et quelques clients avaient osé s'attabler aux terrasses des cafés.

« A quoi jouez-vous aujourd'hui ? » demanda la vieille dame aux enfants.

« C'est Emilie qui a un pouvoir », expliqua Manon.

« Et même un pouvoir formidable ! » renchérit Karen.

« Alors elle va certainement faire des sottises ! » roucoula un pigeon de la vieille dame. « Dans le quartier, quand un garnement possède un pouvoir, c'est toujours pour semer le désordre ! »

« Mais non », dit Camille. « Cette fois c'est un pouvoir paisible. »

« Je dirais même plus », ajouta Emilie, « c'est un pouvoir pacifique. »

« Comme l'Océan », dit Florie.

« S'il est comme l'Océan », murmura la vieille dame, « j'espère qu'il ne fera pas de vagues. »

« Moi je me méfie », roucoula le pigeon.

« Quel est votre pouvoir ? » demanda la vieille dame.

« C'est seulement Emilie qui l'a », précisa Camille.

« Mais elle peut en faire profiter tout le monde », fit remarquer Florie.

« C'est pourquoi nous avons nos parapluies », expliqua Manon.

« D'ailleurs vous avez un parapluie aussi », observa Karen. « Il est plus grand que les nôtres. »

« C'est pour mieux m'abriter, mon enfant ! » riposta la vieille dame.

« Elle le garde toujours avec elle », roucoula un pigeon.

« Elle couche même avec », dit un autre.

« Et si vous me parliez de votre pouvoir, les fillettes ? » demanda la vieille dame aux pigeons.

« Je peux m'envoler grâce à un parapluie », dit Emilie.

« Et elle peut faire voler tous les porteurs de parapluies qui l'accompagnent », expliqua Florie.

« Si vous voulez », offrit Manon, « vous pouvez voler avec nous puisque vous avez un parapluie. »

« Non merci ! Je n'ai pas envie d'imiter le Concorde ! »

« Hé, les filles ? A quoi que vous jouez ? » demanda une voix peu soucieuse de la syntaxe.

Renaud et Edilson surgirent de la rue Marcel-Aymé en planches à roulettes. On leur présenta l'affaire. Ils n'étaient pas contents :

« Zut ! Je n'ai pas de parapluie ! » disait l'un.
« Pourquoi que vous ne nous avez pas prévenus ? » protestait l'autre, toujours indifférent aux tournures de la langue française.
« Je peux vous prêter mon parapluie », offrit la vieille dame. « Mais je n'en ai qu'un pour vous deux. Ne me le perdez pas. »
Les garçons étaient ennuyés.
« Tirez-le au sort ! » proposa Karen.
« Ou à pile ou face ! » dit Manon.
« C'est un parapluie assez large pour deux », estima Emilie. « Vous pourriez rester ensemble. »
« On pourrait ? »
« Oui, si vous ne vous disputez pas. »
Les garçons promirent de ne pas le faire.
« Alors alignez-vous ! » commanda Emilie.
La vieille dame s'assit sur un banc et s'emmitoufla dans son châle. Ses pigeons roucoulaient :
« Si les enfants volent, il serait plus prudent de rester à terre ! » disait l'un.
« S'ils pouvaient s'envoler tous une fois pour toutes », disait l'autre, « le quartier serait plus calme ! »
Louis, le garçon du café « La Chope », s'était approché tout en servant ses clients de la terrasse :
« Qu'est-ce que les enfants préparent, aujourd'hui ? »
« Ils s'apprêtent à décoller en parapluie », le renseigna la vieille dame.

« Gare aux turbulences ! » dit Louis. « Il fait beau mais nous ne sommes qu'en avril et la météo annonce des giboulées ! »

Il alla reprendre son service. Pour le moment, le soleil brillait. Les enfants étaient attentifs aux explications d'Emilie sur le pilotage des parapluies :

« Au signal, vous les ouvrirez. Pour décoller, vous les élèverez à bout de bras. Pour descendre, tirez vers le bas. Plus vous tirerez fort, plus vite vous descendrez. Pour aller de l'avant, inclinez le parapluie devant vous. Inclinez-le en arrière pour freiner ou faire marche arrière. Pour virer à gauche, penchez-le à gauche ; pour virer à droite, penchez-le à droite. »

« Facile ! » dit Karen.

« A condition de ne pas prendre la droite pour la gauche comme tu le fais souvent ! » ironisa Renaud.

Ils allaient se chamailler. Emilie les devança :

« Silence ! J'exige une obéissance absolue. Compris? Bon. Nous allons procéder à une répétition parapluies fermés. Prêts ? »

Les enfants brandirent les parapluies. Ils étaient de toutes les couleurs sauf celui de la vieille dame, qui était noir.

« Levez les parapluies. Lentement. Plus lentement que ça, les garçons. Sinon, vous décollerez comme un boulet de canon ! Inclinez le parapluie en avant. Inclinez-le à droite pour virer à droite. Doucement ! Inclinez-le à gauche. Doucement ! Doucement, vous dis-je ! Abaissez le parapluie pour descendre. Plus vous piloterez en douceur, plus le vol sera agréable. Vous, les garçons, si vous faites des gestes aussi brutaux que celui que vous venez de faire, vous atterrirez comme des sacs de plomb ! »

Les enfants frissonnèrent.

« C'est que nous sommes deux à tirer ensemble », se justifia Renaud.

« Mettez-vous d'accord pour qu'un seul pilote ! » répliqua Emilie.

Les garçons discutèrent.

« Pilotez chacun son tour », suggéra la vieille dame. « Toi Renaud, tu piloteras à l'aller, Edilson au retour. »

« Bonne idée ! »

L'affaire s'arrangea.

Les enfants étaient nerveux. Evidemment, l'exercice au sol n'était pas périlleux. Mais en l'air ?

La petite Manon leva le doigt comme en classe :

« Et si on lâche le parapluie ? » appréhenda-t-elle.

Les filles poussèrent un cri d'effroi. Emilie écarta les bras :

« Ne fais pas ça ! Tu tomberais ! »

« J'ai peu-eu-eur ! » balbutia Camille.

« J'ai peu-eu-eur ! » balbutia Karen.

« Attachez la dragonne du parapluie à votre

poignet », conseilla Emilie. « Vous ne pourrez pas le lâcher. »

Les enfants lui obéirent avec fébrilité. Les garçons étaient gênés parce qu'il n'y avait qu'une dragonne pour eux deux. Par chance, elle était suffisamment longue pour lier leurs deux poignets ensemble.

« Et », demanda Karen l'étourdie, « si on tourne à droite au lieu de tourner à gauche, que se passera-t-il ? »

« Tu te flanqueras dans une cheminée ! » ricana Edilson.

« Tâche de réfléchir avant de manœuvrer ! » dit Emilie.

Les clients du café regardaient faire les futurs pilotes. Ils sirotaient leurs bières et leurs jus de fruits en disant :

« Les enfants d'aujourd'hui ne savent plus quoi inventer ! »

« De mon temps, on se contentait de patins à roulettes ! »

« Ou de poupées ! »

« De votre temps », rétorqua la vieille dame aux pigeons, « il n'y avait pas d'enfantastiques. »

« Qu'est-ce que c'est ? » demanda une dame.

« Ce sont des enfants extraordinaires », expliqua la vieille dame. « Par exemple, ils sont capables de vous changer en fleur ou de vous envoyer promener dans la préhistoire. »

« Oh ! Voulez-vous dire que ces enfants risquent de s'envoler REELLEMENT grâce à leurs parapluies?»

«Mais oui! J'en ai même vu une qui...»

Mais la vieille dame n'acheva pas sa phrase et leva le doigt:

«Je crois qu'ils vont décoller.»

Les enfants avaient attrapé leurs parapluies à deux mains. Les clients du café firent silence.

«Parapluie dans la main droite!» ordonna Emilie. «Placez la main gauche sous la coulisse!»

«Prêts!» répondirent les enfants.

«Je compte. A trois, vous pousserez la coulisse pour ouvrir franchement le parapluie. Mais attendez qu'il soit bien ouvert pour le soulever.»

«Compris!»

«Attention! Un... deux... trois!»

A trois, les apprentis pilotes hissèrent les coulisses des parapluies. Emilie la première quitta le sol. Les autres la suivirent. Les clients du café se dressèrent si brutalement qu'ils renversèrent leurs chaises. Le garçon de café ne put retenir un geste d'étonnement et laissa tomber son plateau.

«Ah!» criaient les témoins de l'envol. «Ah! Oh!»

«Tu parles!» roucoula un pigeon. «On dirait qu'ils n'ont jamais vu personne prendre son vol! Quand c'est nous qui décollons, ils ne font pas tant de manières!»

« Allez rejoindre les enfantastiques », suggéra la vieille dame à ses chers oiseaux. « Guidez-les et assurez-vous que leur vol se déroule sans accroc. »

« Entendu ! » roucoulèrent les pigeons.

Ils décollèrent tous ensemble, rattrapèrent les enfants à la hauteur du deuxième étage des immeubles. En bas, les curieux faisaient de drôles de remarques :

« Les filles auraient pu enfiler des pantalons », disait une dame. « De dessous, on voit leurs petites culottes ! »

« Ce qui prouve qu'elles en portent ! » riposta la vieille dame aux pigeons.

Une fillette arrivait sur la place un grand parapluie à la main. Elle était en retard. Un monsieur en gabardine courait derrière elle. Il se précipita dans le café :

« Vite ! Prêtez-moi un parapluie ! »

C'était Monsieur Bertrand, le journaliste de la rue Marcel-Aymé.

Louis lui confia le sien :

« Il s'appelle *reviens* ! » précisa-t-il.

« Ne vous inquiétez pas ! » dit le journaliste. « Je vous le rapporterai ! »

Il courut dehors sur la place où la fillette en retard appelait déjà ses camarades :

« Hou-Hou ! Hou-Hou ! Attendez-moi ! »

Elle agitait son parapluie fermé comme un essuie-glace. Le journaliste fit de même avec celui du garçon de café. Les enfants volants s'étaient bien groupés autour d'Emilie au niveau des toitures, comme un bouquet de fleurs colorées. Karen se retourna :

« Marie-Catherine est en bas et elle nous appelle », dit-elle.

« Le journaliste est avec elle », dit Edilson. « Je le connais, il demeure à côté de chez moi. »

« Qu'est-ce qu'il veut ? » grommela Emilie.

« Certainement nous accompagner ! » soupçonna Camille.

« Attendez-moi », dit Emilie. « Je descends les chercher tous les deux. »

Elle bascula son parapluie en arrière. Les curieux qui regardaient en l'air poussèrent un cri d'horreur en la voyant plonger vers eux. Mais elle freina au-dessus de la place où elle se posa en douceur.

« Emmène-moi ! » dit Marie-Catherine. « J'ai mon parapluie ! »

« Passe ton poignet dans la dragonne. »

« Est-ce que je peux venir ? » demanda le journaliste. « Je voudrais faire un reportage... »

« Bon. Cramponnez votre parapluie. Ouvrez-le. Doucement. Soulevez-le maintenant. Toi aussi, Marie-Catherine. »

« Ah ! » s'écria Marie-Catherine en décollant. « Maman ! »

« Mille tonnerres ! Je vole ! » cria Monsieur Bertrand.

Il entonna une tyrolienne à tue-tête. Il ne tarda pas à rejoindre l'escadrille en compagnie d'Emilie et de Marie-Catherine.

« Salut, les enfantastiques ! » lança le journaliste.

« Bonjour ! » répondirent les enfants.

« Et cessez de chanter faux ! » roucoula un pigeon. « Si vous continuez, vous allez faire pleuvoir ! »

« Suivez-moi ! » ordonna Emilie. « Tous à droite, et pas de fantaisies ! »

Le groupe vira en direction de la rue Marcel-Aymé, escorté par une kyrielle de pigeons. Le journaliste s'efforçait en volant de tirer de sa poche de gabardine un appareil photo. Comme il n'avait qu'une main libre, ce n'était pas facile. Edilson vint l'aider. Un moment, les deux parapluies planèrent côte à côte. Ils se séparèrent dès que Monsieur Bertrand eut réussi à s'emparer de l'appareil. Il prenait ses photographies d'une seule main, mais il avait l'habitude de travailler dans des conditions défavorables. Il disait :

« Je vais faire un reportage du tonnerre ! »

« Ne parlez pas de tonnerre ! » riposta Renaud. « Je préfère le soleil ! »

Les enfants survolèrent les toits d'ardoises et de zinc de Paris. Le vent agitait leurs cheveux. Des fenêtres, les Parisiens reluquaient ces drôles de voyageurs. Certains agitaient la main pour les saluer au passage, mais la plupart étaient trop surpris et ne pensaient à faire un petit geste d'amitié qu'après le passage de l'escadrille. Déjà, les étranges aviateurs s'éloignaient. Ils firent le tour du Panthéon. Monsieur Bertrand donnait des informations comme un guide :

« Le Panthéon est un monument du 19e siècle. Il fut érigé pour recueillir les restes des grands hommes. Ici est enterré Victor Hugo. »

« L'auteur des *Misérables* ? » vérifia Camille.

« Oui. Et maintenant, nous nous dirigeons vers la cathédrale Notre-Dame – dont Victor Hugo a beaucoup parlé dans un autre roman. Nous franchirons un bras de la Seine, puisque la cathédrale est bâtie au cœur de l'île de la Cité. »

« Si nous volions entre les deux tours ? » suggéra Marie-Catherine.

Emilie acquiesça, fila la première en piqué. Les autres la suivirent en V comme un vol d'oies sauvages. Les touristes montés dans les tours du monument les photographiaient, et Monsieur Bertrand photographiait les photographes. Le groupe se laissa déporter par le vent vers la tour Eiffel.

« Elle fut édifiée il y a cent ans », expliquait Monsieur Bertrand. « A l'époque, beaucoup de gens cultivés estimaient qu'elle défigurait la capitale. Mais c'est aujourd'hui le monument de Paris qui attire le plus de visiteurs. »

Ils se faufilèrent sous les pieds de la tour, très applaudis. Le public pensait qu'il s'agissait d'une publicité.

« Vous écrirez un article sur nous ? » demanda Marie-Catherine au journaliste.

« Oui. Je l'intitulerai : *Au-dessus de Paris avec les enfantastiques.* »

« Vous direz nos noms ? » se renseigna Camille.

« Seulement vos prénoms. »

« M'est avis que vous pourrez raconter aussi la belle giboulée que nous allons essuyer ! » roucoula un pigeon. « Regardez les nuages au-dessus de la tour. »

Ils s'étaient accumulés, très sombres. Emilie fit la grimace.

« Avons-nous le temps de rentrer ? » demanda-t-elle.

« Je sens la pluie au bout de mes plumes », roucoula le pigeon. « Elle ne tardera pas ! »

« Demi-tour tout le monde ! » ordonna Emilie.

Les enfants volants décrivirent un bel arc de cercle et se retrouvèrent contre le vent. Leurs vêtements flottaient autour d'eux.

« Le vent souffle ! » dit Renaud.

Comme on s'engageait sur le chemin du retour, il abandonna le pilotage du grand parapluie noir à son camarade Edilson, ainsi que convenu. Le parapluie tangua, se balança.

« Doucement ! » cria Emilie.

« C'est que je ne suis pas habitué, moi ! » protesta Edilson.

« Cramponne la poignée ! N'abaisse pas le parapluie ! »

Edilson suivit les conseils. Le parapluie s'aligna dans le rang. Pourtant, la progression devenait chaotique et plus lente.

« Tout à l'heure c'était plus facile », observa le journaliste, « parce que le vent nous portait. Maintenant nous l'affrontons ! »

Les premières gouttes de pluie cinglèrent les visages des enfants.

« Zut ! » s'écria Karen l'étourdie. « Il va falloir ouvrir les parapluies ! »

On lui fit remarquer qu'ils l'étaient. La pluie redoubla. Les parapluies dansaient au gré des caprices du vent et il faisait plutôt frisquet tout à coup.

« J'ai peu-eu-eur ! » cria Manon.

« Maman ! Maman ! » répéta Marie-Catherine.

« Surtout ne lâchez pas vos parapluies ! » cria Emilie.

« Nous devrions descendre à l'abri des rues », suggéra Monsieur Bertrand en voyant les pigeons le faire les premiers.

« Suivez-moi ! » ordonna Emilie. « Nous allons voler en rase-mottes ! »

« Formidable ! » approuva Edilson.

Depuis un petit moment, il rêvait de faire un looping, mais ce n'était vraiment pas le moment. Emilie descendit vers la rue. La cohorte des enfantastiques la suivit. Les enfants criaient parce que c'était terrifiant de voir le sol venir à vous à toute vitesse. Mais Emilie redressa son parapluie en atteignant le second étage des immeubles, et tous l'imitèrent. Les engins se stabilisèrent à l'abri du vent. Le groupe put reprendre son vol au-dessus des automobiles, comme dans un couloir, malgré la pluie.

« Je vous quitte ! » annonça soudain Monsieur Bertrand. « C'est là qu'est le journal où je travaille. Merci pour la promenade. J'espère que les photos seront réussies ! »

Il se posa sur le trottoir. Ses collègues journalistes le regardèrent tomber en douceur à côté d'une motocyclette mal garée. Ils faisaient une drôle de tête, mais Monsieur Bertrand se contenta de les saluer en soulevant son chapeau trempé à la façon de Charlot. Il plia le parapluie et pénétra dans les locaux du journal. L'escadrille des enfantastiques disparaissait au loin dans la grisaille, guidée par les pigeons.

« Arriverons-nous bientôt ? » demanda Florie, fatiguée.

« Je vois l'aérodrome ! » roucoula un pigeon.

Il appelait ainsi la place de la Contrescarpe, d'où le groupe s'était envolé. La pluie s'atténuait. Un mince rayon de soleil filtra entre deux nuages.

« Je vois la place aussi ! » annonça Emilie.

Les enfants poussèrent une exclamation de soulagement. Mais ils se turent aussitôt, et Camille manifesta l'inquiétude de tous :

« Elle est minuscule ! Ça ne va pas être simple de s'y poser ! »

« Gare aux arbres ! » s'écria Renaud.

« Je vois la dame aux pigeons ! » s'écria Karen. « Il n'y a pas de pigeons auprès d'elle aujourd'hui »

« Forcément ! Ils volent avec nous ! » dit Manon.

« C'est vrai ! Excusez-moi ! » dit Karen.

« Posons-nous délicatement ! » recommanda Emilie. « Tirez les parapluies vers le bas ! »

Les enfantastiques descendirent comme des parachutistes au milieu de la place de la Contrescarpe. Les clients du café les y accueillirent. La vieille dame récupéra son parapluie noir.

« Et le mien ? » réclamait le garçon de café. « Où est-il ? »

« Monsieur Bertrand vous le rapportera », dit Renaud.

« Vous auriez dû venir avec nous », disait Camille à la vieille dame.

« Je suis trop âgée pour ces acrobaties ! » riait-elle.

« Moi, j'aurais bien fait un looping », regrettait Edilson. « Ce sera pour la prochaine fois. »

« Quel effet cela fait-il de voler ? » se renseignaient les clients du café.

« C'est très agréable ! » répondit Karen. « Et il y a moins de voitures que dans les rues ! »

Les enfantastiques acceptèrent de poser pour une photographie collective. Puis ils se dispersèrent et rentrèrent chez eux. Le soleil brillait, après la pluie, et dans le ciel éclatait un triomphal arc-en-ciel.

« Je me demande ce qu'il y a de l'autre côté de l'arc-en-ciel ? » murmura Florie.

« Le pays du bonheur », lui répondit la vieille dame aux pigeons. « Mais il est loin d'ici. »

Elle s'en allait en bavardant avec Florie et Manon. Florie hocha le tête :

« Même s'il est très loin, j'irai un de ces jours. »

« Je te le souhaite », répondit la vieille dame. « Je le souhaite à tous les enfants du monde. »

« Et nous vous emmènerons », promit Manon.

La vieille dame lui pressa la main avec tendresse :

« Avec vous, j'irai n'importe où », dit-elle.

Manon et Florie la quittèrent. La vieille dame entra dans la rue Marcel-Aymé avec ses pigeons. Ils roucoulaient.

« Rrou ! Si les enfants deviennent des oiseaux et se posent sur les monuments », dit l'un, « où nous poserons-nous ? »

La vieille dame écarta les bras en souriant :

« Vous vous poserez sur mes bras et sur mes épaules », dit-elle. « Vous connaissez le chemin, n'est-ce pas ? »

# L'enfant qui prenait les autres au mot

Jérémie voulait s'amuser. Justement, le maître interrogeait Popaul sur la table de multiplication par 7, et Popaul récitait au tableau:

« 1 fois 7 = 7; 2 fois 7 = 14; 3 fois 7 = 21; hum… hum… »

Chaque fois que Popaul récitait, c'était la même chose. Il se raclait la gorge comme s'il allait cracher par terre. Il faisait des grimaces, et il tombait en panne.

« Et alors, Popaul? » fit le maître. « La suite? »

« La suite au prochain numéro! » gloussa Emilie, moqueuse.

L'infortuné Popaul n'arrivait plus à avaler sa salive. Il avait porté ses mains à son cou et poussait des grognements à faire éclater de rire la classe. A peu près comme ceci: « Ahhrr… Grr… Rrrummm… Rrraaahhh… »

« Il va nous cracher dessus! » s'écria Florie, et elle changea de place car elle était au premier rang.

Popaul déglutissait avec effort. Il fit comme s'il avalait quelque chose et dit:

« Ahhrr… J'ai une boule dans la goorrge! »

Oh! La classe poussa un cri! Popaul venait de cracher une superbe boule brillante qui roula sur le carrelage.

« Sapristi! » s'écria le maître.

« Sapristi ouistiti! » répondit la classe, qui adorait la poésie, comme on peut voir.

« Moi, mon père, il dit mille sabords », fit entendre Clara.

« Tu nous l'as déjà dit ! » fit Karen.

« Voilà qui m'épatate ! » s'écria le maître en recueillant la grosse boule brillante.

Il la déposa sur le bureau. Jérémie riait tout seul à sa place. Popaul était resté au tableau.

« Continue », lui dit le maître.

Popaul récita donc :

« 3 fois 7 = 21 ; 4 fois 7 = 28 ; 5 fois 7 =... hum... »

« Ça recommence ! » fit Valentin. « Si ça continue, il va cracher tout un jeu de pétanque ! »

Mais Popaul faisait des efforts pour avaler quelque chose. Il faisait entendre des « arrgg ! » et des « grrr ! » en se raclant le fond du gosier. Il tenait son cou à deux mains. Il réussit à dire entre deux affreuses grimaces :

« Ahhrr... J'ai un chat dans la goorrge ! »

Oh ! La classe se leva d'un seul coup d'un seul ! Popaul venait de cracher un chat gris qui traversa la salle sans regarder personne et se faufila dans le couloir par l'entrebâillement de la porte.

« Saperlipopette ! » s'écria le maître.

« Saperli... *paupiette !* » répliqua la classe pour faire un jeu de mots.

« Moi, mon père... » commença Clara...

« ... il dit mille sabords ! » acheva Valérien en grognant. « Tu nous l'as déjà dit ! »

Mais le cher Popaul, rétabli, récitait maintenant sa table de multiplication à toute vitesse :

« 6 fois 7 = 42 ; 7 fois 7 = 49 ; 8 fois 7 = … hum… hum… »

« C'est reparti pour un tour ! » ricana Valentin.

Popaul recommençait ses simagrées, et la classe s'amusait :

« Qu'est-ce qu'il va cracher, cette fois ? » fit Annelise. « Un hippopotame ? »

« Ne riez pas ! » protesta Julie. « Ce n'est pas sa faute ! »

« C'est vrai ! » approuva Anaïs sa jumelle. (Pour les reconnaître, c'était facile : Anaïs se coiffait toujours avec une touffe de cheveux en palmier au sommet du crâne alors que Julie gardait ses cheveux longs.)

« Et alors, Popaul ? » s'impatientait le maître.

« Ahhrr… J'ai la gorge nouée ! »

Oh ! La classe et le maître se levèrent en poussant une longue exclamation à la vue du cou du malheureux Popaul qui s'allongeait, s'allongeait, s'allongeait. Et soudain, la tête s'abaissa, passa dans la boucle, et le cou avait un gros nœud !

« Mille sabords ! » s'écria le maître pour faire plaisir à Clara.

« Mille sabords ! » répéta la classe.

Clara triomphait.

« Il se passe des événements bizarres dans cette classe ! » dit le maître.

Jérémie riait. Popaul avait attrapé sa tête à deux mains pour dénouer son cou. Le maître et quelques élèves le secoururent. Alexandre tirait les épaules de son camarade vers le bas tandis qu'Annelise essayait de glisser la tête de Popaul dans la boucle détendue. Popaul grimaçait, se plaignait qu'on lui accrochait les oreilles. Il retrouva enfin sa forme naturelle. Alors, sans se soucier de ceux qui l'interrogeaient sur son état de santé, il récita d'un trait sa table de multiplication :

« 8 fois 7 = 56 ; 9 fois 7 = 63 ; 10 fois 7 = 70. »

Ouf ! Il avait fini.

Il marcha vers sa place. Le maître lui demanda :

« Est-ce que ça va, Popaul ? »

« Comme sur des roulettes ! » répondit Popaul en marchant.

Oh ! Il poursuivit son chemin sur une paire de patins à roulettes !

Il dégringola sur le postérieur. Tout le monde éclata de rire.

« Saperlipopette ! » s'écria le maître en se caressant le menton. « Tout cela est décidément fantastique ! »

« Non ! *Enfantastique* ! » corrigea Emilie avec un petit air entendu. « Il y a sûrement quelqu'un qui a un pouvoir dans la classe ! »

Les élèves approuvaient. Ils se regardaient les uns les autres avec méfiance. Qui avait un pouvoir? Et surtout: de quel pouvoir s'agissait-il donc? Popaul se relevait en s'agrippant à la table de Mickaël. Il perdait l'équilibre à cause des patins. Mickaël l'aida à regagner sa place.

« Vraiment », déclara le maître, « il se passe des choses étonnantes. »

« C'est de la sorcellerie ! » ronchonna Renaud. « J'en mettrais ma main au feu ! »

Oh ! Ses voisins s'enfuirent car la main de Renaud brûlait avec de longues flammes. L'enfant courut la tremper dans le seau d'eau pour éteindre l'incendie. Il ne souffrait pas. Le maître fut forcé d'enregistrer l'évidence : la main n'avait rien.

« Est-ce que tu te sens bien, Renaud? » vérifia-t-il.

Renaud était contrarié. Il bougonna :

« C'est de la sorcellerie, j'en suis certain ! Mais je préfère me taire ! Bouche cousue ! »

Oh ! Un fil noir s'entortillait tout seul à ses lèvres et les cousait ensemble comme la spirale d'un carnet ! Renaud n'arrivait plus à ouvrir la bouche et faisait « MMM MMM » en roulant des yeux effarés. Le maître attrapa ses ciseaux et clic-clac, il coupa le fil et l'ôta. Le garçon n'avait rien senti, et le fil n'avait pas laissé de traces sur ses lèvres. Mais cette fois Renaud se contenta de serrer les poings sans rien dire.

« C'est sûrement une fille qui fait ça ! » grogna Barthélemy.

« Et pourquoi une fille? » protesta Sivane.

« Parce que les sorcières sont toujours des filles, tout le monde le sait ! » répliqua Barthélemy.

« Et ta sœur ! » riposta Annelise.

« Je n'en ai pas ! »

« Les filles sont toutes des sorcières ! » renchérit Edilson.

« Si tu crois des bêtises pareilles », lui lança Annelise furieuse, « eh bien, tu te mets le doigt dans l'œil ! »

Oh ! Stupeur ! Edilson venait de s'enfoncer le doigt dans l'œil jusqu'à la dernière phalange ! Ses voisins se portèrent à son secours, mais inutilement car l'enfant retira son doigt sans l'aide de personne. Il rassura ses camarades :

« Ce n'est rien. Je n'ai rien senti... »

N'empêche. Il se passait des choses inhabituelles dans la classe.

Et ce cher Jérémie riait sous cape tandis que ses camarades commentaient l'affaire.

« C'est affolant ! » disait Sivane. « Je sens que je vais tourner en bourrique ! »

« Et moi je suis en train de devenir marteau ! » ajouta Emilie.

Oh ! Oh ! Sivane était transformée en bourrique ! Elle décochait des ruades autour d'elle et se mit à galoper en hennissant dans la classe ! Elle donnait de grands coups de sabots dans le bureau du maître ! Elle caracolait ! Les enfants se réfugièrent debout sur leurs tables. En même temps, ils dévisageaient Emilie avec effarement parce que la fillette avait une tête en forme de marteau. Elle ne s'en était pas aperçue.

« Et alors ? Vous voulez ma photo ! » protesta-t-elle.

Oh ! Sa tête s'ouvrit, et d'une large fente à hauteur de la bouche surgit une photographie comme celles produites par les appareils photographiques à tirage instantané.

« Holà ! » fit Emilie lorsqu'elle eut craché la photo qui la représentait avec sa tête de marteau. « Qu'est-ce que c'est que cette horreur ! »

« Mais c'est toi ! » lui dit Julie.

« Hiiiiiiiiii ! » hennit Sivane, et elle galopa dans la classe.

« Moi ? » s'écria Emilie indignée.

Alors elle empoigna sa tête à deux mains et la dévissa. Sivane hennissait en secouant sa crinière.

« Je me demande qui provoque ce désordre ! » dit Julie.

« Moi je donne ma langue au chat ! » lui répondit sa sœur jumelle Anaïs.

Oh ! Le chat de tout à l'heure rentra dans la classe et bondit sur la table d'Anaïs en levant la patte pour lui dérober sa langue. Camille et Florie le chassèrent à grands coups de cahiers. Anaïs avait eu si peur qu'elle en tremblait encore.

« Elle tremble comme une feuille ! » dit Florie.

Oh ! Anaïs devenait une énorme feuille d'arbre. Alors les élèves se mirent à gémir et à pousser des petits cris effrayés. Mais Monsieur Lebois les apaisa :

« Mes enfants ! Du calme ! »

Il caressa le cheval Sivane pour l'obliger à se tenir tranquille. Les enfants regagnèrent leurs places en silence et le maître enchaîna :

« J'ignore ce qui se passe ici aujourd'hui, je l'avoue. D'habitude, lorsque l'un ou l'une d'entre vous possède un pouvoir, nous comprenons vite de quoi il s'agit. Cette fois, je ne comprends pas. Franchement, les bras m'en tombent… »

Oh ! Ses deux bras s'abattirent sur le carrelage ! Les élèves à cette vue prirent la fuite, une belle bousculade s'ensuivit en direction de la porte, sans compter Sivane cabrée en travers du chemin et le chat qui rôdait toujours à la recherche de la langue d'Anaïs.

« Attendez ! » appela le maître. « Ne bougez pas ! »

Les enfants s'immobilisèrent. Ils regardaient le maître sans bras et ils avaient peur. Monsieur Lebois les rassura :

« Je ne sens rien du tout », dit-il, « et je suis convaincu que tout va s'arranger. Alexandre, veux-tu me restituer mes bras s'il te plaît ? »

Le garçon s'approcha prudemment. Il avait beau être le costaud de la classe, il était très émotif. La vue des bras sur le carrelage l'épouvantait. Il secoua la tête, s'appuya sur une table. Il était très pâle.

« Je ne... Je ne peux pas », bredouilla-t-il. « Ça me coupe les jambes ! »

Oh ! Ses deux jambes coupées tombèrent sur le sol avec les bras du maître, et le pauvre Alexandre fut forcé de se poser à plat ventre sur sa table pour ne pas s'effondrer. Il gémissait, mais il ne souffrait pas non plus.

Alors le maître se fâcha :

« Que l'auteur de ces tours veuille bien s'arrêter ! » demanda-t-il.

« Celui qui a fait ça n'a vraiment pas de cœur ! » dit Morgane.

On ne l'avait pas entendue jusqu'ici, mais sa remarque eut un effet terrible : Jérémie devint pâle comme une feuille de papier, et aussi immobile qu'une statue de marbre. Il ne bougeait plus. Il n'avait plus de cœur, son sang ne circulait plus dans son corps. La classe fit entendre un cri inquiet, et Morgane se mit à pleurer. Ses voisines la réconfortaient.

« Ce... Ce n'est pas ma faute ! » sanglotait Morgane. « J'ai seulement dit que... »

« Mes enfants », s'écria le maître, « je crois avoir deviné ce qui se passe. Asseyez-vous... »

Un murmure d'espérance flotta sur les lèvres des écoliers.

« D’abord », demanda le maître, « qui se sent le courage de me rendre mes bras ? »

« Moi ! » dit Yassine.

Il vint ramasser les bras et les rendit au maître : ils se recollèrent parfaitement. Sivane caracolait toujours autour de la salle et Anaïs était restée en forme de feuille. Quant au farceur, je veux dire Jérémie, il avait été pris à son propre piège et ne bougeait plus, changé en statue.

« A présent », dit le maître, « rendez donc ses jambes à Alexandre. »

Yassine et Barthélemy vinrent à l’aide du garçon qui faisait la brasse sur une table.

« Attention ! » dit Barthélemy en voyant Yassine s’apprêter à recoller la jambe droite d’Alexandre sur la cuisse gauche.

« Quelle tête en l’air ! » ricana Emilie.

Oh ! La tête de Yassine quitta son cou comme un ballon rouge et s’envola jusqu’au plafond. Elle avait gardé le sourire.

« Et alors ? » demanda le maître. « Est-ce que tu te sens bien ? »

« En pleine forme », répondit la tête de Yassine.

Comme le maître était calme, les enfants ne s’affolaient plus. Ils souriaient même à la vue de la tête flottante qui leur adressait des grimaces. Le maître grimpa sur une table, attrapa la tête par les oreilles et la reposa sur le cou de son propriétaire. Yassine regagna sa place en riant, amusé par sa mésaventure. Le maître écrivit au tableau :

« Avoir une boule dans la gorge ». « Avoir un chat dans la gorge ». « Avoir la gorge nouée ». « Aller comme sur des roulettes ». « Mettre sa main au feu ». « Garder bouche cousue ». « Se mettre le doigt dans l'œil ». « Devenir marteau ». « Tourner en bourrique ». « Vouloir sa photo ». « Donner sa langue au chat ». « Trembler comme une feuille ». « Les bras m'en tombent ». « Avoir les jambes coupées ». « N'avoir pas de cœur ». « Être tête en l'air ».

Les élèves lisaient.

« Mais ! » réagit Annelise la première. « Ce sont les expressions que nous avons prononcées ? »

« C'est vrai ! » approuva Renaud. « C'est moi qui ai dit qu... »

« Oui ! » s'écria Erwan. « Tout ce qu'on dit se réalise ! »

« Et moi je sais qui a le pouvoir de les réaliser », dit Morgane.

Elle ne pleurait plus.

« Qui ? » demanda Valérien.

« Qui ? » répéta le maître en faisant signe à Morgane de ne pas le révéler. « Ne pouvez-vous pas le deviner vous aussi ? »

Les élèves se regardaient, s'interrogeaient sans succès. On en voyait secouer la tête pour se défendre des accusations portées contre eux par des camarades. Ils interrogeaient Morgane, mais elle refusait de répondre en souriant.

« Dis-le-leur », dit le maître.

« C'est Jérémie », dit-elle.

« Jérémie? Pourquoi? »

Le pauvre Jérémie était pétrifié. Une statue souriante, d'ailleurs.

« Ça ne peut pas être lui », protesta Yassine. « Il a été changé aussi ! »

« C'est lui ! » dit Morgane. « Il est devenu une statue quand j'ai dit que celui qui nous jouait des tours n'avait pas de cœur. »

« En effet », dit le maître. « C'est logique. Son pouvoir s'est retourné contre lui. »

« Je m'en doutais ! » dit alors Alexis.

Il était voisin de Jérémie et n'avait pas encore parlé. Il s'expliqua: « Chaque fois que nous avions peur, lui cachait sa tête dans ses bras et il riait ! »

Les élèves n'en revenaient pas.

« Est-ce qu'il va rester une statue? » demanda Florie.

« Non », dit le maître. « Voulez-vous le voir redevenir le gentil garçon qu'il était avant de nous faire ces farces? »

« Oui ! Oui ! »

« Alors asseyez-vous. Morgane, approche-toi... »

La fillette le rejoignit, et il lui parla à l'oreille. Morgane souriait. Elle vint se poster face à Jérémie et demanda:

« Jérémie, *as-tu du cœur* ? »

Oh ! Les couleurs revinrent au visage du garçon qui soudain respira. En même temps, il sourit et répondit :

« Bien sûr que j'ai du cœur ! »

« Dans ce cas », lui dit le maître, « peux-tu libérer Sivane et Anaïs ? »

Jérémie souriait. Il dit :

« Sivane, arrête de *tourner en bourrique*, et toi Anaïs, cesse de *trembler comme une feuille*. »

Avec un dernier hennissement, Sivane redevint une fillette et courut s'asseoir à sa place. Anaïs perdit sa forme végétale. Elle était étonnée et se tâtait le corps et les bras pour s'assurer de son retour à la normale. Les enfants applaudirent.

« Dis donc ! » lança Alexis à son voisin Jérémie. « Tu nous a *foutu les foies* ! »

Oh ! Le foie d'Alexis sortit de son pull-over. Jérémie se contenta de lui ordonner de retrouver sa place dans l'organisme de son camarade et tout rentra dans l'ordre.

« Méfiez-vous des expressions toutes faites ! » dit le maître.

« Quand même ! » ricanait Barthélemy. « On s'est bien *fendu la pipe* ! »

Sa tête se modifia : c'était une pipe fendue. Tout le monde éclata de rire. Personne n'avait plus peur puisqu'on avait maintenant la certitude que tout s'arrangerait dès que Jérémie le voudrait. Alors les enfants se divertirent, avec l'accord du maître, et se lancèrent toutes sortes d'expressions populaires. La classe devint un bal masqué. Annelise déclarait qu'elle avait *le cœur sur la main*, et elle l'avait bientôt, tout palpitant, comme dans la tapisserie de *L'offrande du cœur* du musée de Cluny. Léon accusait Edilson d'avoir *une tête de cochon* pour la lui infliger, et Edilson se vengeait en traitant Léon de *tête de piaf*. Ils grognaient et pépiaient en riant. Renaud venait de reprocher à Marie-Catherine de *lui casser les pieds*, et ses pieds se cassaient en effet, tandis que Valérien *mettait les pieds dans le plat* pour de bon. C'était amusant. Flavie se faisait pousser *un poil dans la main*, Erwan ouvrait *les yeux plus grands que le ventre*, Karen se faisait *les oreilles en feuilles de chou* ! Quant à Pierre, il courait *ventre à terre* autour de la salle de classe, on voyait son énorme ventre racler le carrelage. Les enfants s'esclaffaient à le voir et riaient *comme des bossus* qu'ils étaient aussitôt devenus.

A la fin, le maître leva l'index pour arrêter le jeu et dit :

« Pouce ! »

Et voilà qu'il avait deux pouces à la main !

Heureusement, Jérémie se montra le plus sage et la farce cessa. Tout redevint tranquille et l'on travailla. Mais quand fut venue l'heure de descendre à la cantine, tout le monde était affamé :

Jérémie fit tomber l'estomac de Popaul dans l'escalier. Forcément, Popaul venait de déclarer qu'il *avait l'estomac dans les talons* !

# L'enfant qui parlait aux arbres

Comme il traversait la place de la Contrescarpe, Erwan entendit un soupir.

« Ahhh. »

Il se retourna. Il se retourna. Il se retourna pour la troisième fois et il entendit :

« Ahhh. »

Ce gros soupir ne venait de nulle part puisqu'il n'y avait personne sur la place à part le garçon.

« Voilà que je suis comme Vercingétorix, » murmura Erwan, « car j'entends des voix ! »

« Pas Vercingétorix, ignorant ! » fit une voix moqueuse.

« Hein ? »

« Pas Vercingétorix ! » répéta la voix. « C'était Jeanne d'Arc qui entendait des voix. »

Erwan se retourna, se retourna. Personne.

« Qui parle ? »

« Moi. »

Cette fois, Erwan vit le feuillage d'un arbre s'agiter comme sous l'effet d'un bref coup de vent. Pourtant, le vent ne soufflait pas et le soleil brillait dans le ciel bleu. Erwan s'immobilisa. Il reluqua l'arbre d'un air soupçonneux.

« Ce n'est quand même pas l'arbre qui... » se murmura-t-il à lui-même.

« Si, justement, » dit l'arbre. « C'est l'arbre qui. Et je n'aime pas qu'on m'appelle l'arbre, vu que je ne suis pas n'importe quel arbre mais un catalpa. »

« Un quoi? Un cataplasme? » dit Erwan.
« Un catalpa, ignorant ! Un ca-tal-pa ! »

Erwan fit deux pas vers le catalpa, avança la main jusqu'à effleurer le tronc. L'arbre se tortilla en éclatant de rire :

« Hi-Hi ! Tu me chatouilles ! »

Erwan recula. Saperli*croquette* ! Un arbre parlant !

« Je n'ai jamais vu ça ! » dit Erwan.

« Tu en verras d'autres ! » grommela l'arbre.

Il se remit à soupirer :

« Ahhh. »

« Pourquoi soupires-tu? » lui demanda l'enfant.

« Parce que j'aimerais mieux être dans un bois que sur cette petite place ennuyeuse. Si je connaissais le chemin, je ne moisirais pas dans le quartier ! »

« Où irais-tu? »

« En forêt ! La forêt doit être magnifique en cette saison ! »

« C'est vrai, » reconnut Erwan. « Mais comment te déplacerais-tu? »

« C'est mon affaire. »

Et l'arbre soupira derechef. Ses larges feuilles tremblaient. Il se renseigna :

« Tu ne sais pas où se trouve la forêt? »

« Il n'y en a pas ici. Paris est une ville. Il faut la quitter pour trouver les bois. Au moins 20 ou 30 kilomètres ! »

L'arbre fit entendre un sifflement désapprobateur qui coucha ses feuilles dans le même sens :

« Ça ne doit pas être une belle ville si elle est si loin de la nature ! »

« Nous avons la tour Eiffel à la place, » protesta fièrement Erwan. « Et l'Arc de Triomphe. Et des tas d'immeubles. »

« Aussi laids que ceux qui nous entourent ? » supposa le catalpa d'un air méprisant.

« Heu. Oui et non. Certains sont laids, d'autres moins. Ça dépend. »

« N'empêche ! » ricana l'arbre. « Je préfère la forêt ! »

Erwan hocha la tête :

« Moi aussi. Mais les immeubles sont plus confortables à habiter que les arbres. »

« Je ne prétends pas le contraire, » admit l'arbre. « D'ailleurs, je n'aimerais pas que des humains habitent mes branches. »

Il soupira de nouveau, insista :

« Tu ne connais vraiment pas de forêt ? »

« Non. Mais il y a des arbres au Jardin des Plantes. »

« Combien ? »

« Quelques-uns. »

« C'est une forêt ? »

« Un jardin public. »

L'arbre fit entendre un claquement de langue déçu :

« Ttt. Un jardin public ! Encore un de ces endroits où une vingtaine d'arbres s'ennuient de chaque côté d'une allée ! J'ai connu ça dans ma jeunesse, on m'avait d'abord planté dans un parc. Les amoureux venaient graver leurs noms dans les troncs de mes frères aînés ! »

Erwan estima que le catalpa exagérait. Il le lui fit remarquer :

« Un jardin public comme le Jardin des Plantes, c'est beaucoup plus beau et plus grand qu'une place comme la Contrescarpe ! Sans compter qu'on peut y trouver plus de vingt arbres ! »

« Ah ? »

« Et que je sais où se trouve le Jardin des Plantes ! » conclut Erwan. « Je peux t'indiquer le chemin. Mais je ne saurais pas te conduire vers une vraie forêt. »

L'arbre réfléchissait. Il pesait le pour et le contre. A la fin, il déclara :

« Ça me plairait d'aller au Jardin des Plantes. Il faut que j'en parle à la famille. Si tu veux bien repasser tout à l'heure, je te fournirai notre réponse. »

« Quelle famille ? »

« Mes frères et sœurs. »

« Quels frères et sœurs ? » demanda Erwan en ouvrant de grands yeux.

« Nous, andouille ! » grommelèrent quatre autres voix en même temps.

Erwan pivota. Il vit les feuillages des quatre autres catalpas de la place s'agiter. Il resta bouche bée une seconde. Puis il s'étonna :

« Ils parlent aussi ? »

« Evidemment ! » firent-ils.

« Vous voulez aussi déménager au Jardin des Plantes ? »

Les réponses fusèrent, discordantes : certains arbres répondaient que oui, d'autres que non. Ils n'étaient pas d'accord entre eux.

« Vous avez l'air de savoir ce que vous voulez ! » ironisa Erwan. (Il était un peu vexé d'avoir été appelé « andouille ».)

« C'est pour nous laisser le temps de discuter entre nous que je te proposais de repasser tout à l'heure », fit remarquer le premier arbre.

« Quand ? » demanda Erwan.

« Peux-tu revenir dans la soirée ? Tu comprends », ajouta le premier catalpa, « si nous décidions de déménager, l'affaire serait plus facile à réaliser de nuit, quand les humains dorment. Autrement, ils seraient capables de faire des histoires : « Vous avez vos papiers ? » « Où est-ce que vous allez ? » « Avez-vous demandé l'autorisation au Préfet de police ? » Et que sais-je encore ! »

« Je comprends », dit Erwan. « Mais je ne peux pas vous guider la nuit. »

« Tu as peur ? »

« Mes parents ne me laisseront pas sortir. »

« Tu n'as pas le droit de sortir sans eux ? »
« Pas la nuit. »
« C'est compliqué », dit le catalpa. « A quelle heure peux-tu revenir ? »
« En fin d'après-midi. »
Le catalpa se tut. Il réfléchissait encore.
« Qu'est-ce que nous faisons ? » demanda-t-il aux autres catalpas.
« Si nous sortons de jour, nous serons arrêtés par les jardiniers ! » répondit l'un d'eux.
« C'est de nuit que nous devons partir ! » dit un autre.
« Je peux demander à mon père de m'accompagner », offrit Erwan.
« De nuit ? » vérifia le premier catalpa.
« Oui. Si je lui demande, j'espère qu'il acceptera. »
« C'est aussi un enfant ? »
« Non, c'est un adulte. »
Les catalpas se mirent à ricaner, leurs feuillages frissonnaient.
« Si c'est un adulte », observa le premier catalpa, « inutile de lui parler de nous. La nuit, les humains adultes s'assoient devant les télévisions et ils n'en bougent plus, à ce que racontent les oiseaux. Ton père ne te suivra pas pour aider des arbres ! »
Erwan protesta :
« Si je lui demande, il acceptera. Il est pour l'écologie. »

« Ah oui? » fit le catalpa. « Et qu'est-ce que tu lui raconteras, à ton père? Que des catalpas veulent déménager au Jardin des Plantes? »

« Eh bien, je... »

« Il te demandera si tu rêves. Et qu'est-ce que tu lui répondras? »

« Eh bien, que c'est toi qui m'as... »

« Et il te croira? »

« Eh bien, heu... »

Les arbres riaient sans retenue. Erwan les trouvait injurieux à l'égard des humains. Il se redressa :

« Mon père me croira ! Oui, Monsieur ! » (Il appelait l'arbre « Monsieur », mais c'était une façon de parler.) « Quand je lui dirai que je vous ai parlé, il me croira ! Parfaitement, *Monsieur* ! »

« Et quand tu lui expliqueras que les catalpas veulent marcher tout seuls jusqu'au Jardin des Plantes, il te croira aussi? » fit un autre catalpa.

Cette repartie provoqua l'hilarité de ses compagnons. Erwan l'affronta, les poings sur les hanches :

« Oui, il me croira, Monsieur ! »

« Madame ! » corrigea le catalpa.

« Admettons ! » riposta Erwan.

Les arbres riaient. Le premier catalpa soupira :

« Ecoute. Nous voulons te faire confiance. Va trouver ton père pendant que nous discuterons, et repasse nous voir en fin de soirée. Si ton père accepte de nous guider, nous prendrons rendez-vous pour cette nuit. S'il refuse, nous ne t'adresserons plus la parole. Et tu auras beau raconter que tu nous as entendus, tu passeras pour un menteur, car nous ne te dirons plus un mot ! Ça te convient-il ? »

« Parfaitement ! » s'écria Erwan en fronçant les sourcils. « Je vais parler à mon père ! »

« Alors à tout à l'heure ! » dit le premier catalpa.

« A tout à l'heure ! » répétèrent ses frères et sœurs.

« A tout à l'heure ! » répondit Erwan.

Il traversa la place. Il se retourna avant de s'engager dans la petite rue Marcel-Aymé et jeta un regard derrière lui. Il lui sembla que les cinq arbres de la place agitaient doucement une branche pour l'encourager. Alors il agita la main lui aussi pour leur répondre avant de tourner le coin de la rue. En marchant il se faisait du souci. Que diraient ses parents ? L'arbre n'avait-il pas raison de déclarer que les adultes refuseraient de le croire et surtout de l'aider ?

« En avant ! » dit-il pour se donner du courage.

Il fallait convaincre les parents. Il ferait de son mieux. Il courut à l'appartement. Justement, le père était de retour du travail.

« Bonsoir, papa », dit Erwan.

« Bonsoir, fiston ! Tu as fini de jouer ? »

« C'est-à-dire que… »

« Tu t'es disputé avec tes camarades? »

« Non »

« Tu ne sais pas quoi faire? »

« Eh bien… »

Erwan hésitait. Sa mère rentrait des commissions, son cabas sous le bras. Erwan se décida.

« J'ai un secret à vous confier. »

« Quel secret? » demanda le père.

« Est-ce que vous êtes pour l'écologie? »

« Plutôt oui. Et alors? »

« Alors vous aimez les arbres? »

« Bien sûr », approuva la mère.

« Est-ce que vous avez déjà entendu les arbres parler? »

Le père et la mère se regardèrent. Puis le père déclara d'un air convaincu :

« Oui, j'ai souvent entendu les chênes chanter sur la première… *chêne* ! »

« Tant mieux », dit Erwan sans deviner la moquerie. « Donc vous ne serez pas étonnés que je vous raconte que j'ai bavardé avec les catalpas de la place de la Contrescarpe. »

« En quelle langue? » demanda la mère.

« En français. »

« Les arbres t'ont-ils bien entendu lorsque tu leur as répondu? » se renseigna le père toujours aussi faussement sérieux.

« Oui. »

« Parfait ! » dit le père en riant soudain. « Car il paraît que les arbres sont *durs de la feuille* ! Ah-Ah-Ah ! »

Erwan comprit que les parents ne l'avaient pas cru.

« Il faut me croire ! » s'écria-t-il. « Les arbres m'ont parlé ! »

La mère passa dans la cuisine ranger les provisions dans le réfrigérateur. Erwan insista :

« Ils m'ont dit qu'ils aimeraient aller en forêt. »

« Je les comprends », fit le père en se servant un verre de jus de fruit.

« Seulement, ils ne savent pas y aller seuls. Ils souhaiteraient que je les escorte. »

« C'est logique. »

« Mais je ne connais pas de forêt. »

« C'est dommage. »

« Je leur ai parlé du Jardin des Plantes. Ça les intéresse, si quelqu'un veut bien les y conduire. »

« En camion ou en T.G.V. ? »

« A pied. Il suffirait de leur montrer le chemin »

« Pourquoi ne leur as-tu pas dessiné un plan du quartier ? » reprocha le père en buvant son jus de fruit à petites gorgées.

« Je n'y ai pas pensé. D'ailleurs, je ne sais pas s'ils seraient capables de le lire... »

Erwan se tut. Il restait planté devant son père.

Au bout d'un petit moment, il se racla la gorge et murmura timidement :

« Papa... Je leur ai promis que tu les aiderais... »

« Qui ? Moi ? » fit le père en avalant de travers son jus de fruit.

Il toussait.

« Cesse d'ennuyer ton père, Erwan », dit alors la mère de retour dans le salon.

Elle s'assit dans le canapé et attrapa son livre.

« Ils m'ont donné rendez-vous et j'ai accepté ! » insista Erwan. « Je leur ai promis que tu viendrais ! »

« Quoi faire ? » ironisa le père. « Promener des arbres comme des toutous ? Et pourquoi pas les faire pisser contre les murs pendant qu'on y est ? »

Il éclata de rire. Erwan se fâcha :

« Ils avaient raison ! » s'écria-t-il. « Ils disaient que tu refuserais ! Et que les adultes étaient tous les mêmes ! »

Il fondit en larmes et courut se réfugier dans sa chambre. Son père et sa mère cessèrent de rire aussitôt.

« Mais ? » fit le père avec embarras. « Je ne voulais pas lui faire de peine... »

« Va le consoler », suggéra la mère.

Le père se dirigea vers la chambre. Il y retrouva Erwan à plat ventre sur son lit. Il s'assit auprès du garçon et posa sa main sur l'épaule de son fils :

« Tu boudes, fiston ? »
« Non ! »
« Qu'est-ce qui se passe ? »
« Il se passe que tu ne veux pas me croire ! »
« Avoue que c'est difficile ! »
« Tu n'as qu'à venir avec moi ! Tu entendras les arbres ! Ils te parleront ! »

Le père hocha la tête. Il s'imaginait en train de bavarder avec un arbre sur la place ; il imaginait surtout les passants prêts à se moquer de lui.

« Erwan, sois raisonnable… »

« Les arbres parlent ! Et je leur ai promis que tu viendrais ! Mais je vois bien qu'ils avaient raison de dire que les grandes personnes sont incapables de sortir de leurs habitudes ! »

Le père soupira :

« Allons ensemble sur la place », accepta-t-il. « Tu parleras à tes arbres, et j'écouterai. Si je les entends, je les aide. Mais si je n'entends rien, en revanche, tu ne fais pas d'histoires abracadabrantes, et nous rentrons à la maison. D'accord ? »

« D'accord ! » dit Erwan en se relevant d'un bond.

Il sécha ses larmes d'un revers de main.

« Vite ! » dit-il.

Il prit les devants. Le père le suivit :

« Je reviens », annonça-t-il à la mère au passage.

« Ne vous attardez pas. Le dîner sera bientôt prêt. »

Erwan dévalait l'escalier.

« Erwan ! Attends-moi ! »

« Vite ! »

Ils rejoignirent la place de la Contrescarpe juste comme la dame aux pigeons la quittait. Ils se saluèrent.

« Où courez-vous d'un si bon pas ? » lança la bonne dame.

« Serrer la main d'une vieille branche ! » riposta le père.

La vieille dame poursuivit sa route en secouant la tête. Ses pigeons voletaient autour d'elle. Erwan était déjà auprès du premier catalpa. Le père s'approcha en prenant un air dégagé. (En réalité, il regardait tout autour de lui pour vérifier si quelqu'un le regardait faire. Il se sentait ridicule, mais fort heureusement il n'y avait personne sur la place, et la dame aux pigeons elle-même venait de disparaître à l'angle de la rue.)

« Catalpa ! » appela Erwan. « J'ai ramené mon père ! Est-ce que vous vous êtes entendus, toi et tes frères et sœurs ? »

« Oui ! » répondit l'arbre.

Le père s'immobilisa. Il pivotait sur place comme une girouette. Il cherchait qui parlait. Erwan demanda :

« Vous voulez aller au Jardin des Plantes ? »

« Oui. C'est sûrement plus vert que cette place ! » espéra l'arbre.

« Sans compter qu'il y aura moins de pigeons ! » ajouta un autre catalpa. « Ces sales oiseaux viennent se soulager sur nos branches ! »

Le père tournait comme une vis.

« Erwan », chuchota-t-il. « Qui est-ce qui parle ? »

« Les catalpas, papa ! »

(Les « catalpas, papa » : trois syllabes « pa » l'une derrière l'autre : un record ! Si quelqu'un fait mieux, qu'il m'écrive !)

Le père considéra les arbres aux larges feuilles :

« Admettons », dit-il. « Que veulent-ils ? »

« Aller au Jardin des Plantes », répondit le premier arbre. « Mais dans un endroit tranquille, sans chiens ni enfants et surtout sans arbres trop grands qui nous cacheraient le soleil. »

Le père était ébahi. Il bégaya : « Et et et... et comment voulez-vous que je vous y conduise ? »

Il baissait la voix en regardant derrière lui de peur d'être surpris par d'autres humains en flagrant délit de bavardage débile avec un arbre.

« Nous nous déplacerons sans l'aide de personne », répondit le premier catalpa.

« Ils ont seulement besoin d'un guide ! » ajouta Erwan.

« Maintenant ? » protesta le père. « Ta mère nous attend pour dîner. »

« Pas maintenant », corrigea l'arbre. « Revenez à minuit. »

« Et merci ! » ajoutèrent les autres catalpas.

« Heu... il n'y a pas de quoi ! » répliqua le père.

Il reprit pensivement le chemin de l'appartement. Erwan marchait à côté de lui, tout content. Le père répétait :

« Ça alors ! Ça alors ! »

Il ne cessait de dire « ça alors » en montant l'escalier, en entrant dans l'appartement, en mangeant sa soupe, et bientôt la mère entonna le même refrain « ça alors » en débarrassant la table après qu'on l'eut informée des péripéties de l'affaire.

La famille s'apprêta pour la grande aventure.

« Est-ce que ce n'est pas dangereux au moins ? » s'inquiétait la mère.

« Je ne crois pas », répondait le père. « Nous nous contenterons de marcher devant les arbres. »

« Et s'ils provoquent des accidents ? »

« Ce ne sera pas notre faute », dit Erwan.

« Et si la police nous arrête ? »

« Nous dirons que les arbres nous suivaient sans avoir demandé notre avis. »

Neuf heures sonnèrent, puis dix heures. Puis onze heures. Erwan avait sommeil. Bientôt, il fut minuit moins le quart. Le père se leva du canapé pour donner le signal du départ :

« Allons-y. »

La mère et Erwan le suivirent. La rue était déserte. La famille déboucha sur la place de la Contrescarpe. Des fenêtres étaient encore allumées aux immeubles, mais les cafés étaient fermés. La lune brillait haut dans le ciel. Le père approcha du premier tronc d'arbre et le toucha.

« Hi-hi-hi ! Tu me chatouilles ! » rit l'arbre en se tortillant.

Ce n'était pas le moment de plaisanter.

« Chut ! » ordonna le père.

« Chut ! » répétèrent les arbres en un long frémissement qui parcourut leurs chevelures de feuilles.

« Etes-vous prêts ? » demanda le père.

« Passez devant ! » répondirent les arbres.

La famille s'engagea dans la rue Lacépède qui menait au Jardin des Plantes. L'on entendit un bruit. Le père, la mère et Erwan se retournèrent en criant à voix basse :

« Chut ! Silence ! »

C'étaient les cinq arbres de la place qui venaient d'extraire leurs racines du sol.

« Désolé ! » chuchota le premier arbre. « Mais il fallait bien arracher nos pieds de ce goudron ! »

La famille reprit le pas, bras dessus bras dessous. Les arbres marchèrent sur ses traces. On entendait le froissement de leurs feuillages et surtout le POF POF POF assourdi des racines sur la chaussée. Erwan se retournait de temps en temps pour adresser aux extraordinaires voyageurs des petits signes d'amitié. Sur la place, ne restaient que cinq trous profonds.

« La place sera moins agréable sans arbres », regretta Erwan.

« On en plantera d'autres », le rassura sa mère.

On allait traverser la rue Monge et des autos arrivaient. Le père arrêta les arbres :

« Stop ! Attendez le changement de feu ! »

Les arbres attendirent. Ils étaient heureux de déambuler dans les rues de la capitale. Ils riaient et se racontaient des blagues d'arbres. Ils en proposèrent à Erwan :

« Hé, Erwan ! Comment s'appelle l'arbre qui travaille le plus ? »

« Le bouleau ! » répondit Erwan en riant. « Celle-là, je la connais ! »

« Et quel est l'arbre qui va le moins vite ? » répliqua un catalpa.

« Je ne sais pas », avoua Erwan.

« Le frêne ! Hi-Hi-Hi ! »

Les arbres s'esclaffaient. Le père se fâcha, l'index sur la bouche :

« Taisez-vous ! Vous allez nous faire repérer ! »

Les cinq catalpas s'excusèrent. Ils franchirent la rue Monge au signal du père, et poursuivirent leur chemin vers le Jardin des Plantes. Ils étaient si heureux qu'ils entonnèrent une chanson d'arbre, d'abord en fredonnant, et bientôt à tue-tête :

*Dans la troupe, y a pas d'arbre de bois !*

*La meilleure façon de marcher c'est encore*
*[la nôtre!*
*C'est d'mettre une racine devant l'autre et de*
*[recommencer!*
*Gauche! Gauch...*

Le père s'arrêta, courroucé:

« Silence ou je vous abandonne! » s'écria-t-il. « Vous allez nous faire avoir des ennuis pour tapage nocturne! »

Les arbres étaient penauds:

« Vous comprenez », s'excusaient-ils encore. « C'est un grand bonheur de quitter cette place sans verdure! »

« D'accord! » accepta le père. « Mais ne recommencez pas ou ne comptez plus sur nous pour vous guider! »

« Nous nous taisons! Promis! Eh, Erwan? Tu veux faire une promenade sans te fatiguer? »

« Je veux bien! »

L'arbre attrapa Erwan dans ses bras – pardon, dans ses branches – et le souleva sans effort. Erwan était ravi. Le père haussa les épaules avec un sourire amusé.

La petite troupe parvint au Jardin des Plantes.

« Nous sommes arrivés! » annonça le père.

On voyait de nombreux arbres comme des masses sombres. Mais les catalpas poussèrent un juron étouffé parce que ces arbres étaient plantés derrière des grilles fermées.

« Forcément », chuchota le père. « A cette heure, il fallait s'y attendre. »

« Vous entrerez quand on ouvrira les grilles », dit la mère pour réconforter les catalpas.

Mais cela ne les réconfortait pas :

« Impossible ! Il fera jour et on nous verra ! »

« Dans ce cas », proposa Erwan, « sautez par-dessus les grilles ! »

Il descendit de l'arbre.

« C'est facile », expliqua-t-il. « Vous prenez un peu d'élan et hop ! Vous sautez par-dessus ! »

« Tu crois ? » douta le premier catalpa.

Il n'avait jamais fait de sport et il avait le trac.

« On ferait mieux de renverser les grilles ! » suggéra un autre catalpa.

« Surtout pas ! » protesta le père. « Le fracas réveillerait tous les habitants du quartier ! »

« C'est vrai », reconnut l'arbre.

« Un peu de courage ! » dit Erwan. « Sautez ! Apprenez ! Il y a un début à tout dans la vie ! Nous, c'est la première fois que nous nous promenons avec des catalpas : ça ne nous a pas empêchés de vous escorter ! »

« Mais oui ! » ironisa le père. « Il faut sortir de vos habitudes ! Sinon, vous ressemblerez à des humains adultes ! »

Les arbres baissaient la tête – pardon le feuillage. C'étaient eux qui avaient accusé les humains de ne pas savoir sortir de leurs habitudes.

Ils se redressèrent, piqués au vif dans leur amour-propre. Ils se regroupèrent à une dizaine de mètres. Ils se concertèrent à voix basse.

« J'y vais ! » annonça le premier catalpa.

Il prit de l'élan, courut dans la rue à toute vitesse et hop ! Saperli*pommette !* Il s'éleva à la hauteur du deuxième étage des immeubles, passa par-dessus la grille et PLAF ! retomba tout droit dans le gazon du jardin. Il était étonné d'avoir réussi. Il en bredouillait et disait :

« Hé-bé hé-bé, vous avez vu, je suis un champion ! Prenez-en de la graine ! »

Tour à tour, les arbres sautèrent, et le rejoignirent dans le parc. Puis ils se retirèrent du gazon où ils s'étaient un peu enfoncés. Ils trouvaient le sport distrayant. Ils parlaient de faire mieux la prochaine fois. Mais ils renoncèrent sagement à d'autres essais. La famille leur fit ses adieux à travers les grilles en promettant de venir voir dès l'aube où les catalpas se seraient installés. Les arbres s'éloignèrent. Ils chantaient gaiement :

*Un kilomètre à pied, ça use, ça use,*
*Un kilomètre à pied, ça use les racines !*

Pour jouer, ils s'élançaient à saute-mouton l'un par-dessus l'autre. Le père, la mère et Erwan s'en retournèrent chez eux. Ils étaient contents d'avoir rendu service aux arbres. Et même, le père parlait de se remettre au jogging.

« Vous comprenez », expliquait-il, « si ces pauvres arbres s'ennuient au Jardin des Plantes, alors il faudra les guider à pied jusqu'à la forêt de Fontainebleau. Cinquante kilomètres. Il faut que je m'entraîne ! »

# Les joueuses de flûte

Anaïs et Julie se ressemblaient mais comme Anaïs se coiffait avec une touffe de cheveux au sommet du crâne, on la distinguait parfaitement de sa sœur.

« Alors les jumelles, est-ce que la vie est belle ? » demanda la vieille dame aux pigeons.

« Nous venons de trouver une flûte », répondit Anaïs.

La vieille dame examina l'instrument. Il était rouge et n'avait que cinq trous.

« Je ne sais pas si ça vaut la peine de la porter au commissariat », dit la vieille dame. « Elle n'est pas très jolie. »

« Rrouu. Je la connais, cette flûte », roucoula un pigeon. « J'ai vu un drôle d'individu souffler dedans avant-hier. »

« Ah ? » dit la vieille dame. « Quel individu ? »

« Un barbu avec un habit et un chapeau rouges, » dit le pigeon.

« Où est-il passé cet individu ? » demanda la vieille dame.

« Rrou. Je l'ignore », roucoula le pigeon. « Mais je peux vous dire qu'il avait encore une dizaine de flûtes dans ses poches. Il n'a sans doute pas remarqué qu'il en avait perdu une ! »

« Est-ce qu'elle joue bien au moins ? » demanda la vieille dame.

Les jumelles n'avaient pas essayé de souffler dedans. Julie essuya soigneusement l'embouchure de l'instrument et la porta à ses lèvres :

« De toute façon », dit-elle, « nous ne savons pas jouer. »

Elle souffla un bon coup dans la flûte comme dans un vulgaire sifflet. Alors, sans qu'elle eût bougé les doigts, la flûte se mit à jouer une musique bizarre. La fillette l'écarta de sa bouche aussitôt :

« Hé ! » s'écria-t-elle. « La flûte joue toute seule ! »

« Prête-la-moi ! » exigea sa sœur en la lui confisquant.

Elle porta la flûte à sa bouche et souffla dedans. Elle ne savait pas jouer davantage et pourtant la flûte joua le même air bizarre. Anaïs l'écarta aussitôt de ses lèvres :

« Hé ! » s'écria-t-elle. « C'est vrai que la flûte joue toute seule ! »

La vieille dame hochait la tête :

« M'est avis que vous feriez mieux de la reposer où vous l'avez trouvée ! » dit-elle.

« Oui ! » décida Julie. « Allons-y ! »

Elle fit demi-tour avec la flûte. Sa sœur la poursuivit :

« Attends-moi ! »

La vieille dame regarda les jumelles s'éloigner. Anaïs cherchait à reprendre la flûte que sa sœur brandissait très haut à bout de bras pour la conserver. Les filles se chamaillaient. Anaïs avait réussi à attraper un bout de l'instrument bizarre lorsque Annelise arriva :

« A quoi jouez-vous, les jumelles? »

« A rien », répondit Julie. « Nous avons trouvé une flûte. »

Annelise lorgna l'appareil rougeâtre :

« Elle est *moche* », dit-elle.

« C'est possible, mais elle joue toute seule », déclara Anaïs.

Annelise porta son index à son œil en disant :

« Mon œil. »

« Si ! c'est vrai », confirma Julie. « Ecoute. »

Elle souffla un coup dans la flûte. Alors, sans aucun travail de ses doigts, la flûte entonna son air bizarre. Julie s'interrompit.

« Et elle joue toujours le même air », ajouta Anaïs.

« Est-ce que je peux essayer? » proposa Annelise qui savait justement jouer de la flûte.

Julie lui confia l'instrument. Annelise le porta à ses lèvres. Elle essayait de placer ses doigts sur les trous pour jouer un air de son choix, mais ce fut le même morceau bizarre qui jaillit. Annelise s'arrêta.

« Ça alors ! » dit-elle. « La flûte joue ce qu'elle veut ! »

« Elle est peut-être magique », murmura Anaïs.

Les fillettes s'immobilisèrent sur le trottoir. Elles avaient un peu peur – pas trop. Julie reprit la flûte et souffla dedans. Le morceau habituel retentit, et en prime, les filles entendirent un lourd bruit de ferrailles, qui les fit se retourner en sursaut. Une auto garée au bord du trottoir pivotait sur place comme un animal. Epatée, Julie avait cessé de jouer : l'auto ne bougea plus. Sans parler, Anaïs fit signe à sa sœur de souffler de nouveau dans la flûte. Ce qu'elle fit. Aussitôt, l'auto pivota. Elle changeait d'orientation. Pourtant, il n'y avait pas de chauffeur au volant, et d'ailleurs aucune automobile n'aurait pu tourner sur place comme celle-ci venait de le faire. C'était matériellement et techniquement impossible. Julie, très pâle, cessa de jouer de la flûte. Les filles se regardèrent longuement en silence. Annelise parla enfin :

« C'est une flûte magique ! » chuchota-t-elle. « C'est elle qui fait tourner l'auto ! »

Elle emprunta la flûte et souffla dedans un bon coup : l'auto acheva sa volte-face. Une autre voiture garée un peu plus loin se mit à tourner à son tour. Elle non plus n'avait pas de chauffeur. Quand Annelise cessa de jouer, l'auto s'immobilisa. Les filles étaient impressionnées.

« C'est bien une flûte enchantée », confirma Anaïs à voix basse.

« Mais pas celle de Mozart ! » grimaça Annelise en faisant semblant de se boucher les oreilles pour échapper à la musique bizarre.

« Si ça se trouve », ajouta Julie, « elle ressemble à celle du joueur de flûte de Hameln. Vous vous rappelez l'histoire ? »

« Celle des rats qui suivaient le flûtiste? » vérifia Annelise.

« Oui ! »

Les filles frissonnèrent. Anaïs baissa la voix encore plus :

« Justement ! Le pigeon a dit que la flûte appartenait peut-être à un individu bizarre avec un chapeau et un habit rouges ! »

« Je me demande quelles horreurs cette flûte est capable de faire ! » dit Julie en cachant l'instrument derrière son dos. « J'ai peur ! »

« Donne-la-moi ! » dit Annelise.

« Ça peut être dangereux ! » s'écria Julie.

« Donne toujours ! » dit Annelise. « On verra bien ! »

Elle finit par attraper la flûte et elle la porta à sa bouche. Anaïs et Julie reculèrent d'un pas en observant craintivement la voiture qui s'était déjà manifestée. Dès qu'une note de musique sortit de l'instrument, la voiture trembla, puis remua. Elle pivotait sur place en se tortillant et faisait beaucoup de bruit. Elle se positionna dans le sens de la marche des enfants. Annelise continua de jouer. Alors les deux voitures mobiles approchèrent lentement et par petits bonds, comme des chiots à l'appel de leur maître. Et même, une voiture qui stationnait à l'autre bout de la rue se mit en mouvement pour les rejoindre. Les fillettes avancèrent sur le trottoir.

« Regarde ! » s'écria Julie apeurée en se retournant. « Les voitures nous suivent ! »

« Marchons ! » décida Annelise en soufflant derechef dans la flûte.

Les jumelles la rattrapèrent. Plusieurs autos les suivaient lentement dans la rue. Elles roulaient toutes seules, sans chauffeurs.

« Je les ai comptées ! » s'écria Anaïs. « Il y en a douze ! »

« A moi de jouer ! Prête-moi la flûte ! » exigea Julie.

Annelise la lui laissa. Les autos, à l'arrêt le temps que l'instrument change de mains, reprirent leur progression étonnante derrière le trio. On voyait maintenant des autos de passage freiner subitement dans la rue et se joindre lentement au cortège. Celles qui arrivaient en sens inverse faisaient demi-tour. Les chauffeurs ne comprenaient pas ce qui se passait. Ils appuyaient sur l'accélérateur ou sur le frein, ils manœuvraient le volant en criant des imprécations. Rien n'y faisait. Leurs automobiles rejoignaient les autres. Personne ne devinait bien sûr que c'était à cause d'une flûte rouge et de trois fillettes sur le trottoir.

« A mon tour de jouer ! » dit Anaïs en réclamant la flûte.

Les autos demeurèrent inertes le temps que la flûte lui parvienne. Les chauffeurs en descendaient, soulevaient les capots pour examiner les moteurs, donnaient des coups de pied aux pneus et aux portières. La musique retentit. Le cortège des autos reprit la route derrière le trio musical. Les chauffeurs à pied essayaient de retenir leurs véhicules. Certains les suppliaient :

« Arrête, Citroën ! Attends-moi ! »

« Où vas-tu, Peugeot ? Laisse-moi m'asseoir sur le siège ! »

Les autos n'écoutaient pas. Les chauffeurs essayaient de leur barrer le passage bras ouverts, mais elles continuaient leur progression et les hommes devaient s'écarter. Plus de deux cents voitures s'étiraient derrière la flûtiste et ses camarades, et d'autres véhicules arrivaient encore.

« Je me demande ce qui va se passer maintenant ? » dit Anaïs en prêtant la flûte à Annelise qui la réclamait.

« C'est simple », dit Annelise. « Les autos nous suivront comme les rats suivaient le joueur de flûte de Hameln. »

« Et après ? » se soucia Anaïs.

« Après », fit Annelise d'un air évident, « elles se jetteront à la rivière comme les rats, et Paris redeviendra vivable. »

Elle se remit à souffler l'air bizarre. Les autos suivirent. Un autobus était parmi elles, et les voyageurs l'évacuaient. Un agent de police au carrefour essayait d'endiguer le flot mécanique et s'époumonait vainement dans son sifflet, car la flûte jouait plus fort que lui. Personne d'ailleurs n'établissait le rapport entre la folie des voitures et trois promeneuses musiciennes sur le trottoir. Anaïs pourtant manifestait une certaine inquiétude :

« Vous croyez VRAIMENT (elle insista sur l'adverbe) que les autos se jetteront à la rivière ? »

« Oui ! » assura Julie tandis qu'Annelise jouait la musiquette. « Sauf que la rivière sera un fleuve, et que ce sera la Seine. »

Anaïs haussa les épaules :

« Evidemment », admit-elle, « qu'à Paris ce n'est pas la Loire ! »

Puis elle ajouta :

« N'empêche qu'il ne faut pas faire ça ! »

« Pourquoi pas ? » demanda Annelise en tendant l'instrument à Julie pour qu'elle la remplace. « Vas-y, Julie, continue. »

La musique reprit après le changement de joueuse. Le cortège s'allongeait, prenait de l'importance en approchant de la Seine parce que chaque rue vomissait son torrent de voitures ininterrompu. Les chauffeurs désespérés actionnaient les avertisseurs mais la flûte dominait le charivari. Des bus côtoyaient des autos ; des CRS descendaient d'un car pour tenter de les arrêter en les menaçant de leurs fusils. Sur les trottoirs, des curieux nombreux croyaient qu'il s'agissait d'une manifestation. Anaïs toucha les bras de sa sœur et d'Annelise :

« Arrêtez ! »

« Non ! » répliqua Annelise fermement. « Nous allons débarrasser la capitale de toutes ces ferrailles roulantes ! Tu verras comme Paris sera belle après ! On se croira à la campagne ! »

« Tu crois ? » hésita Anaïs.

« Mais oui ! Les pots d'échappement ne cracheront plus leurs gaz dégoûtants et toxiques ! Les arbres pourront pousser et les fleurs aussi ! Les gens respireront de nouveau ! Tu ne les verras plus courir partout comme des fous pressés ! Tout le monde prendra le temps de vivre ! »

« Tu crois ? »

En jouant la musiquette, les fillettes traversèrent le boulevard et parvinrent sur une berge de la Seine. Une foule de badauds regardait ce qui se passait sans comprendre ; des touristes prenaient des photographies, des journalistes se demandaient s'il s'agissait d'une commémoration de la révolution. Des renforts de police essayaient de bloquer les autos. Ils avaient tendu un barrage de barbelés, et les pneus crevaient dessus : Pschh ! Pschh ! Pschh ! Les fillettes atteignirent le pont. Annelise s'était emparée de la flûte et soufflait dedans à pleins poumons. La première auto s'engagea sur le pont, obliqua en direction du parapet. Les gens crièrent. La voiture défonça le parapet et plongea dans la Seine. Elle fit une chute vertigineuse (heureusement sans chauffeur ni passagers), et s'écrasa sur l'eau en projetant une haute gerbe autour d'elle. Elle flotta quelques secondes, puis sombra en glougloutant. Les gens applaudissaient, le bruit s'était répandu qu'il s'agissait du tournage d'un film de Jean-Paul Belmondo. Une grosse vague provoquée par la chute du véhicule roulait vers les quais. Et déjà, une deuxième voiture arrivait, puis une troisième, puis d'autres à la queue leu leu ! Les chauffeurs et les passagers s'en étaient échappés à la hâte et poussaient des cris sur les trottoirs ! Les badauds croyaient qu'ils faisaient partie du film et cherchaient à identifier les acteurs. Pendant ce temps, les autos se jetaient dans le fleuve. Le bus sauta, précédant le car des CRS et deux voitures de police. Des milliers d'engins roulants convergeaient de partout et croulaient à l'eau les uns par-dessus les autres, des deux côtés du pont à la fois. Une Renault avait même basculé sur une grosse péniche qui l'emportait au loin. Les autres véhicules s'entassaient dans le lit du grand fleuve. Au début, celui-ci les avait engloutis, mais à cause de la quantité invraisemblable, les derniers se trouvaient accumulés au-dessus de l'eau et formaient une île de ferraille. Le courant l'agitait mollement, des autos étaient arrachées à l'ensemble et tournaient sur elles-mêmes avant de disparaître dans les profondeurs. Le flot les brassait. La colline s'étalait en travers de la Seine semblable à la digue d'un barrage. Sur le pont, de nombreuses voitures attendaient encore leur tour de faire la culbute. Les filles jouaient de la flûte inlassablement, personne ne songeait à les interrompre. Quand la dernière auto fut tombée, une montagne d'épaves amoncelées s'élevait hors du fleuve. Elles roulaient et boulaient les unes par-dessus les autres, charriées par les eaux grises sur des kilomètres. La musique cessa.

« Qu'est-ce qu'on fait de la flûte? » demanda Julie.

« On la jette à l'eau ! » proposa Anaïs.

« On la garde ! » décida Annelise. « Au cas où d'autres autos reviendraient envahir Paris ! »

Les jumelles l'approuvèrent. L'idée était excellente. Anaïs rangea donc la flûte dans sa poche, et le trio repartit tranquillement en marchant au milieu de la rue maintenant dégagée et paisible. Les curieux, comprenant que le spectacle était terminé, se dispersaient. Au loin, on entendit sonner les cloches de Notre-Dame de Paris, et chacun se fit la remarque que c'était bien la première fois qu'on les entendait depuis longtemps. Les cloches d'autres églises venaient timidement se marier au concert, et l'on percevait aussi le chant des oiseaux.

« Comme à la campagne ! » triomphait Annelise. « Je vous l'avais dit ! »

Les filles étaient heureuses. Elles n'avaient pas vu un individu barbu et vêtu de rouge qui ne les quittait pas des yeux depuis leur arrivée sur le pont. Il aurait pu leur réclamer sa flûte, mais il n'en fit rien. Sans doute estimait-il qu'elles méritaient de la conserver. D'ailleurs, une douzaine d'autres flûtes dépassaient de ses poches. Si j'apprends à quoi elles servent, je vous le révélerai. Si en revanche il en perd une autre et que vous la retrouviez, c'est vous qui me raconterez ce qui se passera.

# L'enfant qui bombardait la télévision

Il pleuvait : pas question de sortir. Alexis, Frédéric et Quentin regardaient la télévision chez Frédéric et ils s'ennuyaient. Sur l'écran, Aglaé gigotait et faisait des grimaces en chantant une chanson débile :

*Oh qu'il est mignon-gnon-gnon*
*Le petit trognon-gnon-gnon*

« Ce que c'est bête ! » grogna Quentin. « J'aimerais mieux un film. »

« Et le programme n'est pas meilleur sur les autres chaînes », soupira Frédéric en offrant des caramels à ses camarades.

« Vous ne savez pas ce qui m'arrive ? » demanda soudain Alexis en y repensant tout à coup.

« Quoi ? »

« Hier, j'ai lancé une balle sans faire attention dans le miroir de l'armoire à glace de la chambre de mes parents. »

« Aïe ! » s'écria Frédéric en imaginant les dégâts.

« Eh bien non, pas du tout. »

« Raconte ! » dit Quentin.

« La balle est entrée dans le miroir. »

« Oh ! C'est vrai ? »

Quentin avait un petit air de doute, la tête un peu penchée.

« Tu avais laissé la porte de l'armoire ouverte », supposa Frédéric.

« Non. La balle a traversé le miroir. Je ne l'ai pas retrouvée. »

Quentin lorgnait ses camarades à tour de rôle. Il dit à Frédéric :

« Il nous raconte des fariboles ? »

Alexis tendit la main droite en avant et cracha par terre :

« Je vous jure que non. J'ai cru, en voyant la balle filer qu'elle allait faire éclater le miroir, mais elle est entrée dedans. Alors, j'ai ouvert la porte de l'armoire, mais la balle n'était pas dans le meuble. Je ne sais pas où elle est allée, je ne l'ai pas retrouvée. »

« Ça alors ! » s'exclama Quentin.

Les garçons se turent un moment. Ils étaient songeurs. Sur l'écran de télévision, la demoiselle maigre s'excitait en chantant sa chanson stupide.

« Quelle bêtise ! » soupira Frédéric.

« C'est vrai ! » approuva Alexis.

Il avait plié son papier de bonbon. D'une pichenette, il l'envoya contre l'écran de télévision, et alla s'asseoir sur le lit avec Frédéric. Mais Quentin regardait l'écran. Il bégayait :

« Re... regardez ! »

« Quoi ? »

« La té... la télé ! »

Sur l'écran, Aglaé s'était arrêtée de chanter et dépliait avec stupéfaction un morceau de papier qu'elle venait de recevoir. C'était le papier de bonbon d'Alexis. La chanteuse déguisait mal sa mauvaise humeur, et parce qu'elle était à l'antenne elle faisait mine de rire. On devinait pourtant qu'elle était furieuse.

« Qui est-ce qui m'a lancé cette boulette? » dit-elle en fronçant les sourcils.

Il y eut un moment de flottement dans l'émission. La chanteuse énervée regardait autour d'elle en plissant les yeux. Elle tapait du pied par terre. Elle disparut de l'écran, remplacée par une inscription : « Nous nous excusons pour l'arrêt momentané de l'image. »

Ce fut Frédéric qui comprit le premier ce qui venait d'arriver :

« Alexis, tu as un pouvoir ! »

« Quel pouvoir? »

« Tu nous as bien dit que tu pouvais lancer la balle à travers le miroir? »

« Oui. »

« Eh bien, tu peux aussi lancer quelque chose à travers l'écran du téléviseur ! »

Quentin applaudit. Alexis était sceptique :

« Vous croyez? » dit-il.

« Evidemment ! » dit Frédéric. « Qu'est-ce que tu crois qu'il se passerait si je lançais un objet au téléviseur? »

Il se déchaussa, attrapa sa pantoufle. Sur l'écran, une présentatrice était apparue et déclarait : « Nous nous excusons pour l'interruption de l'image suite à un incident technique. Nous sommes à présent en mesure de reprendre notre émission, et vous allez retrouver votre héroïne préférée Aglaé.» La grande maigre revint gesticuler comme une marionnette et faire des grimaces en entonnant un autre chef-d'œuvre de son répertoire:

*Le petit lapin-pin-pin*
*Va sous le sapin-pin-pin.*

«C'est toujours aussi bête», soupira Alexis.

«Oui», dit Frédéric. «Mais observe ce qui va se passer quand je lancerai ma pantoufle.»

Les garçons scrutèrent l'écran. Frédéric visa, lança la pantoufle au téléviseur. Et que se passa-t-il? Rien. La pantoufle heurta l'écran et retomba par terre. La chanteuse, pas du tout perturbée, continuait de débiter ses minauderies. Frédéric se retourna triomphalement vers ses camarades:

«Vous avez compris? Moi, je n'ai pas le pouvoir d'Alexis: la pantoufle rebondit sur l'écran. Tandis que, si c'est Alexis qui la lance, elle le traversera!»

Alexis hésitait:

«Tu crois?»

«Mais oui!» renchérit Quentin. «Rappelle-toi le papier de bonbon!»

«Vous croyez?»

«Vas-y! Lance ma pantoufle pour voir!» exigea Frédéric.

Alexis ne se décidait pas. Il souriait d'un air

sot devant le téléviseur où la grande sauterelle s'activait.

« Vas-y ! » l'encourageaient ses camarades.

Alors Alexis prit un peu d'élan et lança la pantoufle. Elle traversa l'écran, siffla à l'oreille de la chanteuse qui avait écarté la tête pour l'éviter en jetant un cri aigu :

« Hiii ! »

« Tu l'as manquée », constata Quentin déçu.

« Elle bouge tout le temps ! » se défendit Alexis.

La chanteuse, émue, s'était tue et regardait partout autour d'elle dans le studio. L'image disparut, remplacée par l'inscription classique : « Nous nous excusons pour, etc. » Mais les techniciens avaient oublié de couper le son et l'on entendait la chanteuse vociférer :

« Quel est le *** qui m'a lancé une charentaise ? Où est-il ? Qui est-ce qui se permet ? Je vais vous faire tous renvoyer ! Vous m'entendez ? Trouvez-moi ce *** ou je vous fais tous mettre au chômage ! Et qu... »

Le son fut subitement coupé. Sans doute l'ingénieur venait-il de se rendre compte que les téléspectateurs pouvaient entendre l'altercation. Un dessin animé occupa l'écran. Dans la chambre de Frédéric, les garçons étaient écroulés de rire sur le lit. Ils se chatouillaient. Ils chatouillaient le pied nu de Frédéric, qui se ressaisit pourtant le premier et redevint sérieux :

« Tu as compris, maintenant? Tu as le pouvoir de bombarder les gens qui passent la télévision ! »

Alexis n'était pas encore tout à fait convaincu.

« Tu as vu la tête de la chanteuse ! » riait Quentin.

« Et celle des gars qui l'entouraient ! » ajoutait Frédéric.

« Il y avait de la bagarre dans le studio quand ils ont coupé l'image ! » approuva Alexis.

Sur l'écran, des cochons roses de dessin animé se lançaient des tartes à la crème. Frédéric se leva subitement :

« J'ai une idée ! Attendez-moi ! »

« Quelle idée ? »

« Je reviens tout de suite ! On va rire ! »

Il quitta la pièce. Alexis et Quentin l'attendirent en regardant les cochons roses se lancer des tartes. C'était amusant. Frédéric revint :

« Regardez ce que j'apporte ! »

C'étaient des petits suisses dans un plat.

« C'est le dessin animé qui m'a donné l'idée ! Il y avait une douzaine de petits suisses dans le réfrigérateur. »

Les enfants comprenaient. Alexis secouait la tête de gauche à droite :

« Je ne vais pas lancer ça ! Que va dire ta mère quand elle rentrera ! »

« Elle croira que nous avons mangé les petits suisses », dit Frédéric.

« Et qu'est-ce qu'elle dira en voyant les saletés partout ? » reprit Alexis.

« Quelles saletés ? » dit Frédéric.

« Eh bien, les saletés partout ! » reprit Alexis. « Si on lance les petits suisses, il y aura des projections partout et... »

Il se tut. Frédéric avait déposé l'assiette de petits suisses sur la commode et les mains sur les hanches il regardait son camarade en ouvrant de grands yeux.

« Ma parole ! » dit-il. « Tu n'as pas encore compris que tu avais un pouvoir ? »

Alexis fit une petite grimace dubitative.

« Il a peur de ne pas réussir », traduisit Quentin.

« C'est vrai », confirma Alexis. « Ça a marché avec la pantoufle, mais je ne suis pas sûr que ça marcherait avec des petits suisses. »

« Tu n'as qu'à essayer », dit Frédéric.

« Et si ça ne marche pas ? » dit Alexis.

« Si ça ne marche pas, nous prendrons l'éponge et des chiffons et nous essuierons la télévision avant le retour de ma mère ! » dit Frédéric.

Alexis n'était pas faraud :

« Il y aura des éclaboussures partout ! »

« On les essuiera. »

« Et s'il en reste ? »

« C'est moi qui me ferai gronder, pas toi », dit Frédéric.

C'était vrai : les garçons se trouvaient chez lui.

« Quand même ! » murmura Alexis un peu gêné de s'attaquer à une institution aussi respectable que la télévision.

Le dessin animé s'achevait. Le méchant loup s'enfuyait sous une pluie de détritus comiques de toutes sortes et les petits cochons faisaient la ronde.

« Décide-toi ! » dit Frédéric. « Aglaé ne va pas tarder à revenir ! »

« D'accord », accepta Alexis.

Il manquait d'enthousiasme.

« Tâche de viser juste cette fois ! » lui recommanda Quentin. « Bon sang ! Si moi je pouvais lancer des projectiles dans le téléviseur, tu verrais le travail ! »

« D'accord », répéta Alexis. « Je vais m'approcher. »

« Attention ! » l'avertit Frédéric.

La présentatrice revint annoncer la suite du programme, et aussitôt après, la gigoteuse énervée reparut sur l'écran en gloussant une nouvelle chansonnette de son répertoire :

*Comme il est gentil-ti-ti*
*le petit ouistiti-ti-ti.*

« Vas-y ! » s'écria Quentin.

Alexis brandissait le petit suisse face au téléviseur.

« Vas-y ! Fort ! » s'écria Frédéric.

Alexis lança le petit suisse : SPLATCH ! Aglaé

le reçut en pleine figure! On entendit un grand éclat de rire des techniciens qui travaillaient dans le studio, auquel répondit l'éclat de rire des enfantastiques dans la chambre de Frédéric. Sur l'écran, la chanteuse avait cessé de distiller ses niaiseries. Elle demeurait penaude et désemparée, barbouillée de petit suisse.

« Vas-y! Lance les autres! » cria Frédéric.

Alors Alexis attrapa deux autres petits suisses et bombarda le téléviseur. Ils traversèrent l'écran et vinrent s'écraser sur le visage de la pauvre Aglaé et sur l'épaule d'un de ses garçons d'honneur accouru à son secours. Le studio s'esclaffait.

« Encore! Bombarde-les tous! » criaient Quentin et Frédéric très excités en faisant semblant de lancer eux aussi des projectiles au téléviseur.

Alexis ne se fit pas prier. Il bombarda l'écran. La chanteuse, ses garçons d'honneur et les techniciens déguerpirent sous une pluie blanche et dégoulinante. Tout le monde criait. « Coupez! Coupez! » protestait le réalisateur de l'émission.

« Attends! » ordonna Frédéric.

Il restait un petit suisse dans le plat et Alexis avançait la main pour le saisir.

« Non, attends! » répéta Frédéric.

« Pourquoi? » dit Alexis.

« Attends! »

L'image disparut. A la place du studio affolé,

la présentatrice bouche-trou vint expliquer que suite à un incendie technique « pardon, un incident technique » (très émue, elle se trompait de mot) – « le programme était interrompu, etc., etc., et veuillez nous excuser pour… »

« Maintenant ! » ordonna Frédéric.

La présentatrice reçut le petit suisse. Comme elle avait la bouche ouverte, elle en avala une partie. On la vit s'enfuir en criant et crachant. Une inscription la remplaça : « Nous nous excusons, etc. » Les enfants la savaient par cœur. Ils étouffaient de rire, écroulés en arrière sur le lit de Frédéric.

« Tu as vu ! » disait Frédéric. « Ah-ah-ah ! C'était comme un film de Laurel et Hardy ! »

« C'est un fameux pouvoir que tu as ! » admirait Quentin.

« Tu te rends compte ! » s'écriait Frédéric. « Chaque fois qu'une émission directe ne te plaît pas, tu peux la bombarder de petits suisses ! »

« Ou de tartes à la crème ! »

« Ou de tomates ! »

« Ou de yaourts ! »

« Si ça se trouve, tu peux même lancer des seaux d'eau ! »

Les garçons imaginaient toutes sortes de projectiles. Ils riaient.

« Tu bombarderas les chanteurs ! Les politiciens ! Les joueurs de tennis ! » s'esclaffait Quentin.

« Ça risque de coûter cher en petits suisses », fit remarquer Alexis, « si je bombarde tout ce qui me déplaît ! »

« On t'aidera ! » promit Quentin. « On cassera les tirelires ! »

Frédéric redevint sérieux. Il réfléchissait.

« Mais oui ! » approuva-t-il. « Comme tu n'as pas assez d'argent pour acheter des tonnes de petits suisses, nous ferons appel aux camarades. »

« Et comment ? » demanda Alexis redevenu sérieux à son tour.

« Simple ! » dit Quentin qui avait compris. « Ceux qui voudront assister à un bombardement n'auront qu'à payer les petits suisses ! »

Les gamins se mirent à danser comme les trois petits cochons à la fin du dessin animé. Ils savaient maintenant qu'ils disposeraient toujours de munitions pour éclabousser la bêtise. Ils savaient que les camarades prêts à financer le jeu de massacre ne manqueraient pas.

« Et quand je serai grand », se promettait Alexis en dansant, « nous ouvrirons un magasin plein de téléviseurs en marche sur toutes les chaînes en même temps, et nous ferons payer les gens qui désireront que je bombarde l'émission de leur choix ! »

« Nous serons dôlement riches ! » dit Quentin.

(Si la proposition vous intéresse, vous pouvez

m'écrire, je transmettrai le courrier. Soyez certain(e) que dès que les enfantastiques seront en mesure de le faire, ils vous feront connaître leur tarif.)

# L'enfant qui sculptait les nuages

Yassine se grattait la tête. Il était assis par terre au milieu de la place de la Contrescarpe lorsque la vieille dame aux pigeons arriva.

« Et alors ? » demanda-t-elle. « Aurais-tu des poux ? »

« Non », répondit Yassine. « Mais j'ai un problème. »

« Et ça te démange ? » dit la vieille dame en riant.

« Non, ça me dérange. »

« A une lettre près », fit remarquer la vieille dame, « c'est le même mot. »

Yassine sourit. Il continuait de se gratter le cuir chevelu.

La vieille dame distribua des graines aux pigeons.

« Et alors ? » se renseigna-t-elle tandis que les oiseaux picoraient. « Parle-moi de ton problème ; je suis forte en mathématique. »

Yassine se leva tandis que la vieille dame s'asseyait sur le banc comme par un effet de bascule. Les pigeons voletaient.

« Il ne s'agit pas d'un problème de mathématique », expliqua Yassine.

Puis il posa une question à son tour :

« Est-ce que vous voyez l'air ? »

« Ma foi non ! » s'exclama la vieille dame. « Et tant mieux ! C'est la preuve qu'il n'est pas pollué ! »

« Moi je le vois », déclara Yassine.

Il désigna l'air invisible autour de lui d'un large geste circulaire :

« Je peux même le toucher. »

« Facile », dit la vieille dame. « Moi aussi. Il suffit d'avancer la main un peu vite pour sentir le vent. »

« Moi je vois l'air et je le touche, comme je peux voir ou toucher le banc où vous êtes assise. Vous voulez que je vous fasse une démonstration ? »

Yassine se pencha un peu en avant, allongea le bras et agita la main comme s'il déblayait le vide à quarante centimètres au-dessus du sol goudronné.

« Ça y est », annonça-t-il. « J'ai fini. »

La vieille dame regarda l'enfant de l'air d'un poisson qui découvre un scaphandrier en train de se faire cuire des merguez au fond d'un aquarium.

« Tu as fini quoi ? »

« Mon siège », dit Yassine.

Il se souleva un peu du derrière et s'assit dans le vide à l'emplacement qu'il venait de déblayer. Il s'adossa confortablement et ne bougea plus : ses pieds ne touchaient plus terre. La vieille dame était si impressionnée qu'elle se leva ; le contraire de tout à l'heure : quand Yassine se levait elle s'asseyait, quand il s'asseyait, elle se levait. Elle se grattait la tête.

« Et alors ? » lui demanda Yassine. « Ça vous démange ou ça vous dérange ? »

« Ça m'épate ! » répliqua la vieille dame. « Et même : ça m'époustoufle ! Comment fais-tu cela ? »

Le garçon était assis dans le vide, jambes croisées l'une par-dessus l'autre.

« Je taille l'air », dit Yassine, « et je m'assois dessus. »

Il se retourna et entreprit de déblayer l'air un peu plus haut derrière lui. Il parlait en travaillant :

« Je taille l'air comme du sable. Je peux construire des marches d'escalier. »

Il se leva (et la vieille dame se rassit aussitôt sur le banc).

Il se mit debout sur le siège invisible et de là gravit une marche nouvelle dans le vide, puis une autre au-dessus, puis une troisième. Il s'arrêta. Il était debout à peu près à hauteur des épaules de la vieille dame.

« C'est fantastique ! » murmura-t-elle.

« C'est *enfantastique* ! » corrigea Yassine.

« Et tu peux grimper haut comme ça ? » interrogea la vieille dame.

« Je suppose que oui, je n'ai pas essayé. »

« A mon avis », roucoula un pigeon, « il peut même atteindre les nuages, vu qu'à l'école il est souvent perdu dedans ! »

Mais Yassine ne releva pas l'observation.

« Je crois que je peux monter tant qu'il y a de l'air », estima-t-il.

« C'est vrai qu'il ne manque pas d'air ! » roucoula le pigeon.

Mais Yassine se mit à déblayer un escalier imaginaire, et au fur et à mesure qu'il modelait des marches, il les escaladait. Il fut vite à hauteur des sommets des arbres de la place. Louis, le garçon de café, restait planté comme un épouvantail à la terrasse de « La Chope » :

« C'est abracadabrant ! » murmura-t-il.

« Sûr qu'on n'assiste pas à des exhibitions pareilles tous les jours ! » approuva un client.

« C'est normal, Yassine a un pouvoir », expliqua la vieille dame.

L'enfant taillait des marches dans le vide et s'élevait tranquillement dans les airs ; il était au niveau des toits des immeubles.

« Redescends ! » lui cria le garçon de café. « Tu vas te casser la binette ! »

« Je ne risque rien », répliqua l'enfant, « puisque je suis sur un escalier. »

Les pigeons s'envolèrent le rejoindre. Comme ils ne savaient pas où se poser, ils voletaient autour de Yassine et roucoulaient :

« Rouu ! Tu n'as pas le vertige ? »

« Non, je suis sur des marches. »

« Rouu ! Si tu perds l'équilibre ? »

« Je me cramponne à l'air. »

Yassine taillait le vide à la main. Il dépassa

les toits. En bas, sur la place, une foule de curieux poussait des exclamations dans plusieurs langues et prenait des photographies de l'enfant ascensionniste. La vieille dame commentait la prouesse :

« C'est un enfantastique. Il a un pouvoir. Il voit l'air. Il le touche. Tous les enfantastiques sont capables de réaliser des exploits bizarres. La semaine dernière par exemple, Christine faisait descendre ou monter son immeuble au lieu de l'ascenseur. Comme je vous dis ! Pour grimper au troisième étage, elle appuyait sur le bouton du troisième, mais c'était l'immeuble qui descendait la chercher. »

« Ça alors ! »

« Ils sont tous comme ça, dans le quartier. J'en ai même vu une, la petite Camille, changer de couleur suivant ce qu'elle mangeait ou buvait. Parfaitement, Monsieur ! Elle devenait orange après avoir bu de l'orangeade et verte après un sirop de menthe. Même que ses camarades lui offraient des bonbons multicolores pour la transformer en caméléon pendant la classe. On peut dire qu'elle en a fait voir de toutes les couleurs à son maître ! »

La vieille dame racontait. Racontait. Cependant, le garçon de café avait téléphoné aux pompiers ; l'on entendit bientôt la sirène de la grande échelle. Le lourd véhicule déboucha sur la place. Les pompiers sautèrent à terre. Ils demandaient :

« Où est-ce qu'il y a le feu ? »

« Il n'y a pas le feu », répliqua la vieille dame aux pigeons.

Et elle leur montra le ciel du doigt. On voyait Yassine minuscule au-dessus des toits.

« Et alors ? » dit le capitaine des pompiers. « C'est un oiseau ? »

« Non, c'est un enfantastique qui prend l'air. »

« Qu'est-ce que c'est que ça ? » dit le capitaine des pompiers.

Il empoigna un mégaphone et se mit à crier dedans pour se faire entendre du piéton des airs :

« Toi là-haut ! Redescends ! »

Mais Yassine était trop loin pour entendre. Il reconnut quelques sons :

« … oi… au… en… »

« Que dit-il ? » demanda l'enfant aux pigeons.

« Rrou, on va se renseigner », offrirent les pigeons.

Ils descendirent vers la place de la Contrescarpe à tire-d'aile et se posèrent en douceur sur les épaules, les bras et même la tête de leur vieille amie. Ils roucoulaient :

« Rouuu. Yassine demande ce qui se passe. »

« Les pompiers veulent qu'il redescende sur terre. »

« Rouuu. Pourquoi ? »

« Pourquoi voulez-vous que Yassine redescende ? » demanda la vieille dame au capitaine des pompiers.

« Eh bien… Heu… Parce que ça ne se fait pas de marcher dans le ciel. Voilà. »

« Est-ce que c'est interdit par la loi ? »

« Heu… Non. Je ne crois pas. Heu. Mais ça ne se fait pas. D'ailleurs c'est idiot d'escalader des escaliers qui n'existent pas. Voilà. »

La foule des curieux approuva. Ça c'était un bon raisonnement. La vieille dame réfléchissait. On attendit sa réponse. Elle ne tarda pas :

« Si les escaliers n'existent pas », fit-elle, « comment pouvez-vous interdire à un enfant de grimper dessus ? »

Ça, c'était encore mieux envoyé ! La foule applaudit. Le capitaine des pompiers souleva son casque pour se gratter l'occiput.

« Rouuu », fit un pigeon. « Aurait-il des poux ? »

« Hein ? » fit le capitaine des pompiers.

« Le pigeon demande si ça vous dérange ou si ça vous démange », traduisit la vieille dame.

« Ça me défrise ! » rétorqua le capitaine sans amabilité.

Puis il donna l'ordre à ses hommes de déployer la grande échelle parce que c'était son métier. Elle s'éleva très vite au-dessus des immeubles. Les pompiers hésitèrent : là-haut, Yassine avait encore escaladé des marches invisibles. Il n'était pas plus gros qu'un moineau.

« S'il entre dans les nuages », avertit un

pompier, « nous ne le verrons plus du tout. »

« Si on ne le voit plus », répliqua le capitaine, « alors il n'y aura plus de problème non plus. Et nous retournerons à la caserne. »

« Mais l'enfant va redescendre », observa le garçon de café. « Il aura peut-être besoin d'aide. »

« Ça m'étonnerait », dit la vieille dame. « Les enfantastiques n'ont jamais besoin de l'aide de personne. »

« Ah », fit le capitaine des pompiers, et, découragé, il alla s'asseoir sur le banc.

« Que faisons-nous, mon capitaine? » demandèrent les pompiers au garde-à-vous devant lui.

« Bof! » soupira-t-il. « Montez sur l'échelle. Si l'enfant redescend, aidez-le. »

« On peut demander à Yassine à quelle heure il compte revenir », proposa la vieille dame.

« Et comment? » soupira le capitaine. « Vous espérez grimper en l'air avec lui? »

« Je peux lui envoyer les pigeons... »

« Bonne idée! » ricana le capitaine des pompiers. « On leur attachera des messages aux pattes! »

« Mais non », dit la vieille dame. « Il suffit de leur dire le message, ils le répéteront à Yassine. »

« Hein? »

Le capitaine des pompiers regardait la vieille

dame comme si elle avait l'esprit dérangé. Il ricana :

« Vous voulez que je parle à ces... piafs ? »

« Ne les insultez pas, s'il vous plaît. Ils pourraient se vexer. »

Le capitaine haussa les épaules. Il grommela :

« Ces sales bêtes crottent partout ! S'il n'y avait que moi, on les mettrait à la broche ! Avec des petits pois ! »

Des gens partageaient son avis. La vieille dame se mit en colère :

« Vous n'avez pas honte ? Assassin ! Vous en prendre à de si gentils oiseaux qui apportent un peu de poésie dans notre ville morose ! Vous mériteriez que je vous... »

Déjà, elle soulevait son parapluie à deux mains lorsqu'un cri admiratif de la foule la fit se retourner et lever la tête :

« Qu'est-ce qu'il y a ? Oh ! »

« Rrou ! C'est Yassine ! » roucoula un pigeon qui revenait du ciel. « Il a commencé à tailler les nuages. »

En effet, l'enfantastique avait séparé du gros nuage un petit nuage cotonneux auquel il avait donné la forme d'une maison. Le soleil brillait par-dessus.

« Fantastique ! » s'écria le capitaine des pompiers en se relevant.

« Va demander à Yassine à quelle heure il

compte redescendre», dit alors la vieille dame au pigeon qui voletait autour d'elle.

Le pigeon s'élança vers le ciel. Il fit un aller-retour et ne tarda pas à revenir:

«Rrouu! Rrouu! Rrouu!» roucoula le pigeon, très excité.

La vieille dame l'écoutait avec intérêt en hochant la tête. Le capitaine des pompiers renifla:

«Et qu'est-ce qu'il roucoule?» demanda-t-il d'un air soupçonneux.

«Que Yassine a oublié sa montre, et qu'il faudra l'avertir quand il sera 6 heures parce que sa mère l'attend pour souper.»

«Quelle histoire de fou!» soupira le capitaine des pompiers en épongeant son front sous son casque avec son mouchoir.

La foule subjuguée poussait des «oh!» et des «ah!» car l'enfantastique taillait d'autres morceaux de nuages en forme de sapins, de tilleuls, de bonshommes de neige, un château avec des tours, et même un bateau à voiles. La télévision venait d'arriver. Des techniciens couraient en tous sens, branchaient des câbles dans les magasins, et une caméra avait été hissée sur le toit d'un camion. Dans le ciel, l'enfantastique sculptait des vaches, des chevaux, des autos, des avions, des villages de nuages. La télévision filmait un présentateur qui disait qu'on voyait des choses extraordinaires dans le ciel, puis des gens à qui on demandait s'il y avait bien des choses extraordinaires dans le ciel et s'ils les voyaient. Et à force de filmer des gens qui causaient, on n'avait pas le temps de filmer le ciel. La vieille dame se mit en colère :

« Vous filmerez le ciel quand il ne s'y passera plus rien ? » grommela-t-elle.

Des gens la soutenaient. Le présentateur de télévision se fit donc filmer lui-même en gros plan pour expliquer aux téléspectateurs qu'un débat venait de s'engager dans le public à propos de ce qui se passait dans les nuages, et s'il s'agissait ou non de Martiens et de soucoupes volantes. La vieille dame était furieuse. Un monsieur s'approcha d'elle :

« Madame », lui dit-il, « je crois comprendre que vous connaissez bien l'auteur de ces tours de prestidigitation nuageux ? »

« Je pense bien ! C'est Yassine. Un enfant de l'école Marcel-Aymé. Ils ont des tas de pouvoirs dans cette école, il y en a même qui apprennent à lire ! »

Le monsieur se frotta les mains :

« Ecoutez », dit-il, « je ne sais pas comment Bassine fait ses trucs dans le ciel, mais... »

La vieille dame lui coupa la parole :

« Il ne se prénomme pas Bassine, mais Yassine. Et il ne fait pas des trucs, il marche sur l'air et il taille les nuages. »

« Okay », dit le monsieur.

« Vous avez le hoquet ? » demanda la vieille dame.

« Hein ? Non. »

« Alors parlez français. »

« Heu oui. Bon. Je ne veux pas savoir comment ce garçon fait… heu… ce qu'il fait, mais j'ai une affaire à lui proposer si vous savez comment entrer en contact avec lui. »

« Quelle affaire ? » demanda la vieille dame.

Elle était méfiante. Le monsieur l'attira un peu à l'écart de la foule et baissa la voix :

« Voilà, je suis un publicitaire et j'ai une idée. »

« Quelle idée ? » demanda la vieille dame en fronçant les sourcils.

Le monsieur baissa encore la voix :

« Je vais l'engager pour écrire des messages publicitaires là-haut ! »

« Quoi ? » s'écria la vieille dame. « Vous voulez dire que vous lui ferez tailler les nuages en forme de lessive Machin ou de pâtée pour les chiens Tagada ? »

« Exactement ! » approuva le monsieur. « Je le paierai cher pour ça ! »

Il s'enthousiasmait. Il prit des gens qui l'entouraient à témoin :

« Vous imaginez le ciel ! Vous lèveriez les yeux et vous liriez en lettres de nuages sur fond bleu : *Vive la lessive Bidule* ou *La cigarette Cracra est la plus naturelle* ! Ne serait-ce pas formidable ! »

« Formidable ? Formidable ? » s'écria la vieille

dame aux pigeons. « Vous voulez plutôt dire formi*N*able ! »

Elle se trompait volontairement d'une lettre et la foule l'approuva en riant et en applaudissant. La vieille dame reprit :

« Mais ce serait une horreur ! »

« Pardon ? » dit le monsieur publicitaire.

La télévision se mit à filmer l'incident. Le présentateur menait un débat pour ou contre la publicité dans les phrases et s'il convenait de les couper en deux ou en trois.

« Mais regardez donc en l'air ! » s'écria la vieille dame en colère. « Admirez ces châteaux de nuages, ces maisons, ces bateaux, ces grandes fleurs, ces bonshommes ! Ne voyez-vous pas comme tout est beau ? Comme tout est frais, poétique ! Comme tout est plaisant, reposant à contempler ? Ne voyez-vous pas que ce garçon vous fait cadeau de ses créations ! »

« Et alors ? » murmura le monsieur publicitaire. « Qu'est-ce que ça changerait qu'il y ait écrit dessous *Vive Truc* ou *Vive Beurk* ? »

« Tout ! » cria la vieille dame encouragée par la foule. « Ça changerait tout ! »

Les gens applaudirent. Des « hou hou » fusèrent contre le publicitaire qui haussa les épaules en traitant ceux qui l'entouraient d'« andouilles pas modernes ». La querelle s'envenima. « Répète ? » exigea un grand gaillard d'un mètre quatre-vingt-dix, et naturellement, le petit monsieur publicitaire préféra ne pas répéter, mais il protesta qu'on était en république et que tout le monde avait le droit de parler, même pour dire des bêtises, et le costaud lui conseilla d'aller voir plus loin s'il y était de peur de recevoir un coup de pied aux fesses, et le monsieur publicitaire se mit à crier au scandale pour que la télévision filme l'incident. C'est alors qu'il reçut un coup de parapluie sur la tête en direct. Des millions de téléspectateurs éclatèrent de rire devant les récepteurs de télévision, et une belle bagarre éclata sur la place de la Contrescarpe. Les pompiers tentaient de s'interposer entre les combattants héroïques cependant que là-haut, dans le ciel paisible, l'enfantastique échafaudait ses splendides constructions. La vieille dame se faufila hors de la bousculade.

« Montez avertir Yassine qu'on veut lui faire faire de la publicité ! » dit-elle aux pigeons.

Elle éleva les bras. Les pigeons s'envolèrent vers le monde merveilleux du garçon. Justement, il achevait une tourelle de nuages à son grand château. Les pigeons traversèrent une mignonne fenêtre mousseuse de rayons de soleil.

« Salut, les pigeons ! » dit Yassine. « Quoi de neuf chez les Terriens ? »

« Rrouu, les Terriens se battent », roucoulèrent les pigeons. « Ils veulent te faire faire de la publicité. »

« De la publicité ? » s'étonna l'enfant.

« Oui. Avec des slogans dans les nuages. »

« C'est affreux ! » s'écria Yassine.

Il cessa de sculpter. Il s'assit sur un trône qu'il avait taillé au cœur du château féerique. Un hélicoptère de la police approchait. Yassine prit sa tête dans ses mains.

« Qu'est-ce que je vais faire ? » se demanda-t-il.

L'hélicoptère de la police passa près du château de nuages. Yassine vit ses passagers écrasés contre les parois vitrées de la cabine pour tâcher de le repérer. L'appareil fit demi-tour, repassa. Une voix puissante se fit entendre dans un haut-parleur :

« Vous là-bas, descendez ! »

C'était le pilote de l'hélicoptère qui transmettait les ordres de la préfecture de police.

« Vous avez entendu ? Descendez ! Ne restez pas ici ! »

Yassine se leva. Il secouait la tête. Il était furieux à son tour.

« Les gens ne méritent pas les belles constructions que je leur montre ! » grondait-il.

Il se mit à les démolir.

« Ah ! Ils veulent de la publicité ! Je vais leur en donner ! »

Il éboulait les nuages, il les effilochait. En bas, la bagarre avait cessé. La foule intriguée s'interrogeait :

« Mais ? Qu'est-ce qu'il fait ? Il détruit tout ? Pourquoi ? »

Les gens étaient déçus. Les maisons de nuages se déchiraient, les bateaux s'éboulaient, les châteaux s'effondraient. Le monde extraordinaire de l'enfantastique disparaissait.

« Vite ! Filmez ça ! » ordonna le présentateur de télévision.

Il n'y avait presque plus rien dans le ciel. Seules quelques formes vagues subsistaient. Le présentateur reprit la parole pour raconter qu'il était arrivé un phénomène météorologique inexplicable mais que grâce à l'intervention de la police en hélicoptère, tout venait de rentrer dans l'ordre, et qu'il n'y avait pas de danger atomique.

« Regardez ! L'enfant s'est remis à sculpter ! »

La foule ondula. Tout le monde braqua les appareils photographiques en direction du ciel, et la télévision se remit à filmer les nuages qui s'empilaient de nouveau, se recourbaient, s'assemblaient.

« On dirait des lettres ! » dit le capitaine des pompiers.

C'en étaient. Yassine taillait dans les nuages son premier message « publicitaire ». Des mots se formaient peu à peu, blancs sur fond de ciel bleu. La foule en haleine déchiffra :

« A... »

« B... »

« A... »

La phrase entière était moulée, la foule

applaudit malgré les fautes d'orthographe en lisant ceci :

*ABA LA PULBISSITÉ*

Tout le monde riait. Le monsieur publicitaire s'était éclipsé depuis longtemps en rasant les murs. Des gens huaient la télévision qui s'était arrêtée de filmer. On ne peut pas montrer aux téléspectateurs des messages antipublicitaires, expliquait le présentateur tandis que les techniciens enroulaient les câbles et rangeaient les caméras. L'émission était terminée.

Bientôt, un point noir reparut sous les nuages.

« C'est Yassine ! » s'écria la vieille dame aux pigeons. « Il redescend ! »

« Mais comment fait-il ? »

« Il est sur un escalier, vous comprenez », expliquait la vieille dame. « C'est un escalier qu'il a taillé dans le vide. Il ne risque rien. »

Ses pigeons s'envolèrent pour escorter l'enfantastique. La foule applaudit. On distingua la silhouette du petit garçon. Dans le ciel, les nuages s'étiraient, emportaient leur message antipublicitaire au loin. L'enfant revint à hauteur des toits des immeubles, il portait plusieurs pigeons fatigués sur ses bras et sur ses épaules. Au passage, il salua gentiment les pompiers accrochés à leur grande échelle. La foule criait son admiration à l'enfantastique. On se jeta sur lui dès qu'il toucha terre, on réclamait des autographes. Les pompiers entraînèrent le garçon.

« Bravo ! Bravo ! » criaient les gens. « Vive le jardin merveilleux ! Vive le château de nuages ! »

Yassine répondait par de petits gestes amicaux à ceux qui avaient aimé ses productions cotonneuses. Sûrement, il remonterait un jour en modeler d'autres.

« Rrouu, il faudra quand même qu'il apprenne à sculpter », roucoula un pigeon, « parce que ses bonshommes ressemblaient à des patates ! »

« Pas de médisances ! » lui reprocha la vieille dame. « L'important, c'est qu'il y mettait tout son cœur… »

La foule restait sous le charme. Et celui qui était le plus content, c'était Louis, le garçon de café, parce que tous ces gens avaient soif. Il fit de bonnes affaires ce jour-là.

## Un balai récalcitrant

Valentin avait dessiné. Un beau tas d'épluchures de taille-crayon gisait sur le carrelage à ses pieds.

« Nettoie cela », dit le maître. « Tu ne vas pas laisser la dame de service faire le travail pour toi. »

« Justement, j'ai vu un balai dans le couloir », dit Morgane qui venait d'arriver en retard de récréation.

Valentin passa dans le couloir. Le balai était contre le mur de la classe, un balai à l'ancienne avec une épaisse touffe de brindilles de bois au bout du manche. Valentin le rapporta.

« Dis donc ! » fit Annelise. « On dirait un balai de sorcière ! »

Les enfants riaient. Valentin se mit à balayer, mais il tenait son balai comme une pelle. Il était un peu ridicule, il le poussait devant lui et chassait les épluchures de tous côtés au lieu de les rassembler.

« Quel empoté ! » ricana Emilie.

« Il tient son balai comme un guidon de vélo ! » ajouta Sivane.

« Monte dessus ! » lança Julie. « Peut-être qu'il s'envolera ! »

« Hue ! » cria Morgane.

Mais le balai marchait tout de travers entre les mains du malheureux (ou maladroit ?) Valentin. Il interrompit son travail et regarda le maître d'un air piteux :

« Le balai ne va pas où je veux », dit-il avec un sourire embarrassé.

« Forcément ! C'est un balai magique ! » ricana Annelise. « Tu ferais mieux de l'enfourcher ! »

« Hue ! Hue ! » répéta Morgane. « Envole-toi balai ! »

Les filles riaient. Valentin essaya de pousser le balai devant lui, mais celui-ci dévia, se mit à décrire de larges arcs de cercle dans la classe, ou des S inattendus. Les brindilles passèrent en sifflant tout près du visage de David qui se leva en sursaut :

« Attention ! »

« Ce n'est pas ma faute ! » protesta Valentin.

Il cramponnait le balai qui décrivait des drôles d'arabesques en l'air à hauteur des tables. Il tournait sur place avec lui.

« Holà ! » cria Léon en déguerpissant à l'autre bout de la rangée des tables.

Le maître se fâcha :

« Valentin, arrête de tourner. Tu me donnes le vertige ! »

« Je ne peux pas ! » pleurnicha Valentin. « C'est le balai qui m'entraîne ! »

Les élèves éclatèrent de rire :

« Cramponne-toi ! » lança Popaul.

« Abracadabra ! » fit Mickaël en agitant les bras devant lui comme une sorcière.

Valentin pivotait sur place, ses bras et le balai

décrivaient des grands huit comme à la fête foraine.

« Valentin, pose ce balai », commanda le maître.

« Je ne peux paaaaas ! » protesta Valentin.

« Je vais l'aider », décida Alexandre.

Il se leva, toujours serviable, attrapa le manche du balai au passage des deux mains, et le mouvement du balai... ralentit seulement.

« Je ne peux pas l'arrêter complètement », avoua Alexandre.

Il pivotait avec Valentin et le balai. Les garçons cramponnaient l'instrument.

« Saperlipopette ! » s'écria le maître.

« Saperli*popote* ! » répéta la classe en déformant l'exclamation.

« Moi, mon père... » commença Clara...

« Il-dit-mille-sabords ! » répondit toute la classe ensemble pour se moquer de la fillette.

Elle pinça les lèvres, vexée.

Le balai montait, descendait, tournait.

« Il y a du bizarre dans l'air ! » dit Erwan.

« Je dirai même plus », lança Alexis. « Il y a du bazar ! »

« C'est un balai enchanté ! » dit Annelise. « J'en étais sûre ! »

« Mais non », dit le maître. « Donnez-moi ce balai. »

Il attrapa le balai au passage. Le balai s'immobilisa. Mais ils étaient trois à le tenir car ni Valentin ni Alexandre ne l'avaient lâché.

« Vous pouvez le laisser », leur dit le maître.

« C'est que… » déclara Alexandre. « On ne le peut pas… »

Du coup, la classe fit entendre un long murmure. Le maître d'ailleurs avait également des problèmes et il pinçait les lèvres. Il fronçait les sourcils.

« Le maître a un problème », observa Sivane la curieuse.

« Heu, oui », admit le maître.

Il cramponnait le balai à deux mains comme les deux garçons.

« J'ai l'impression que mes mains sont collées sur le manche », dit-il. (Et il ajouta, pour détendre l'atmosphère :) « Saperli… *coquette* ! »

« Saperli-*Popeye* ! » répondit la classe en ne riant qu'à moitié.

« Moi, mon père… » fit Valérien en imitant la voix de Clara.

« … il dit mille *sabots* ! » ricana Renaud.

Clara leur tira la langue.

« C'est le balai d'une sorcière ! » s'exclama Camille. « C'est la vérité ! »

« Mais non », dit le maître pour rassurer les enfants. « C'est seulement un balai un peu indiscipliné et fantasque, voilà tout. De nos jours, les sorcières ont des aspirateurs, comme tout le monde. »

Le balai tremblotait.

« Regardez ! Ses brindilles s'agitent ! » s'écria Bruno.

« Mais non », dit le maître. « C'est nous qui tremblons, et notre tremblement se répercute sur les brindilles. »

« Non ! Elles bougent ! » s'écria Mickaël qui se trouvait tout près du balai.

On les voyait s'agiter comme des pattes d'araignées. Le balai, toujours cramponné par le maître, Alexandre et Valentin, bascula largement à droite, puis à gauche.

« Attention ! » cria Mickaël. « Il se balance ! »

Le maître et les garçons n'arrivaient pas à le maîtriser.

Les filles se levèrent et se réfugièrent au tableau. Les garçons se levèrent à leur tour et reculèrent jusqu'aux murs.

« Je l'avais bien dit ! » murmurait Annelise aux filles.

« Si ça se trouve, une sorcière demeure près de l'école ! » dit Flavie.

« Peut-être même dedans ! » enchérit Anaïs.

Un frisson de peur anima le groupe des filles.

« C'est elle qui a oublié le balai dans le couloir ! » dit Karen.

« Mais non », dit le maître d'une voix qu'il cherchait à rendre la plus calme possible afin de rassurer les élèves. « Bruno, Mickaël, venez nous aider à retenir le balai. »

Les garçons s'arrimèrent à leur tour à l'objet

fantastique. Grâce à leur renfort, il ne bougea plus. Yassine accourut les aider.

« Bon », dit le maître. « Tout va s'arranger. Sivane, veux-tu aller chercher le directeur? »

La fillette s'élança en courant dans le couloir. Pendant ce temps, les garçons et le maître immobilisaient le balai récalcitrant. Les filles murmuraient :

« Si ça se trouve », disait Morgane, « Sivane va rencontrer la sorcière dans le couloir ! »

« Elle va revenir avec elle ! » s'effraya Marie-Catherine. « Maman ! »

Elle adorait se faire peur.

« On dirait que le balai vit », observa Alexandre. « Je le sens au bout de mes doigts comme un cœur qui bat. »

« C'est seulement notre propre pouls que nous sentons », le rassura le maître.

« N'empêche ! » dit Edilson.

Et il fit un signe de croix.

Plusieurs filles l'imitèrent. Annelise haussa les épaules :

« Ne soyez pas superstitieux ! » dit-elle, très fière de connaître ce mot-là.

« En effet », approuva le maître. « Ne nous affolons pas. Essayons de nous rappeler les paroles que nous avons prononcées lorsque Valentin a commencé à balayer. »

« Moi j'ai dit que c'était un balai de sorcière », dit Annelise.

« Et moi je lui ai conseillé de monter dessus ! » dit Julie.

« Moi j'ai crié *hue* ! » dit Morgane.

« Stop ! » s'écria le maître. « C'est sûrement le mot *hue* qui a tout déclenché ! »

Les élèves se taisaient, impressionnés. Les brindilles du balai tremblaient comme des antennes d'insectes malgré l'importance du groupe qui le cramponnait – sans réussir à s'en décoller.

Le maître expliqua :

« Morgane a dit *hue*. Donc... »

« Donc il faut qu'elle crie *hoo* ! » conclut Julie. « Vas-y, Morgane ! Ordonne au balai de s'arrêter ! »

« Oui ! Crie ! Crie ! » supplia la classe.

Morgane souriait, amusée et indécise. Elle cria :

« Hoo ! Hoo ! Balai, arrête-toi ! »

Le balai ne bougea plus. Ceux qui l'empoignaient purent le quitter, libérés. Ils soupiraient d'aise et faisaient jouer leurs doigts pour les décrisper. Le maître déposa le balai contre le bureau.

« Quelle aventure ! » fit-il en souriant. « Saperlipopette de saperli*trompette* ! Je dirai même plus : saperli... *côtelette* ! »

Les enfants riaient. Ils se mirent à inventer des saperli... en forme de jeux de mots pour se divertir :

« Saperli… *Colette* ! » fit Frédéric applaudi par ses camarades.

« Saperli… *Paulette* ! » renchérit Valentin avec succès.

« Saperli… *pocket* ! » s'écria Julie, pour ne pas être en reste avec les garçons.

« Saperli… *kopeck* ! » dit alors Valérien.

Mais il fut obligé d'expliquer aux autres ce qu'était un kopeck car ils ne le savaient pas.

« Saperli… *peau de bête* ! » ricana David salué par des éclats de rire.

C'est alors que le directeur, Monsieur Mercier, arriva. Il était affolé, saperli… *poupette* !

« Que se passe-t-il encore ? Il paraît que vous avez rencontré une sorcière ? »

« Pas vraiment », dit le maître, Monsieur Lebois. « Mais elle a perdu son balai. »

Il raconta ce qui s'était passé. Le directeur n'arrivait pas à croire les péripéties mirobolantes :

« Le balai se déplaçait tout seul ? »

« Oui ! Oui ! » disaient les enfants.

« Si nous n'avions pas été sept à le retenir », confirma le maître, « je me demande où il serait allé. »

« Il se serait envolé ! » dit Annelise approuvée par toute la classe.

« Mais c'est impossible ! » s'écria le directeur. « Jamais dans l'histoire de France on n'a vu de balai volant ! Ni même dans l'histoire des autres pays ! Alors, en bonne logique, s'il n'y a jamais eu de balais volants dans le monde, il n'est pas possible qu'il y en ait un aujourd'hui ! »

Il prit le balai en mains. Il le manipulait d'un air dubitatif :

« Je me demande qui l'a apporté. Il n'appartient pas aux dames de service, il faudra que je téléphone aux services municipaux. »

Il examinait le vieux balai.

« Il n'est même pas beau. J'ai peine à l'imaginer capable des prouesses que vous décrivez. Comment l'avez-vous animé ? »

« C'est Morgane », dit Monsieur Lebois. « Elle l'avait repéré dans le couloir. »

Le directeur haussa les épaules. Il étudiait le balai par les deux bouts.

« Il ne faudrait pas que Morgane dise *hue* ! » chuchota Renaud en souriant.

Alors son voisin Valérien se retourna aussitôt vers Morgane :

« Vas-y ! » souffla-t-il. « Dis *hue* ! On va rire ! »

Le directeur retourna le balai :

« Je vais le ranger au placard », dit-il. « Mais à mon avis, vous avez rêvé. »

« Dis *hue* ! Dis *hue* ! » chuchotait Valérien pour s'amuser.

« Oui, dis *hue* ! » chuchota Valentin à son tour.

D'autres élèves se tournaient vers Morgane pour lui réclamer la même chose avec insistance à voix basse. La fillette riait. Elle murmura, sans y croire, et pour leur faire plaisir :

« Hue ! Balai, envole-toi ! »

Le balai pivota en l'air à toute vitesse et sans avertissement, obligeant le directeur à tourner avec lui sur la pointe des pieds. Le directeur cria. L'affaire avait été si rapide qu'il se trouva déséquilibré et trébucha sur le côté. Le balai le redressa et se jeta vers la fenêtre ouverte. Une seconde après, le directeur soulevé de terre était entraîné en l'air, et zou ! il fila comme une fusée vers le ciel. Il criait, mais son cri se perdit au loin au-dessus des acacias de l'école puis au-dessus des toits. Les élèves et le maître se précipitèrent aux fenêtres : le directeur et le balai avaient disparu.

« Attendez ! Attendez ! » cria le maître. « Monsieur Mercier ! »

En vain.

« Ça ne sert à rien d'appeler », observa Alexandre calmement. « Ça n'arrêtera pas le balai. »

« Et en plus, si le balai s'arrête en plein vol », ajouta Bruno, « le directeur se cassera la figure. »

« D'ailleurs », dit Mickaël, « il faudrait que ce soit Morgane qui ordonne au balai de s'arrêter, puisque c'est à sa voix qu'il a obéi pour décoller ! »

« Hoo ! Hoo ! » murmura Morgane effrayée par ce qu'elle avait déclenché.

Le balai était trop loin pour qu'on se rende compte s'il obéissait ou s'il n'en faisait qu'à sa guise.

« Je me demande où il va emmener le directeur ! » s'inquiéta Clara.

« Au pays des sorcières ! » dit Karen.

« Et qu'est-ce qu'elles lui feront ? » se soucia Manon.

« Elles le changeront en crapaud ! » dit Marie-Catherine.

« Ou en rat ! » dit Flavie avec dégoût.

« Ou en hibou ! » ajouta Karen. « Les sorcières changent souvent les humains en oiseaux ! »

« Regardez ! » cria Popaul.

Il désignait le ciel droit devant et au-dessus des toits. Un oiseau arrivait vers l'école en volant. Les enfants poussèrent un grand cri :

« Un oiseau ! C'est le directeur ! Il vient par ici ! »

Une hirondelle approchait à tire-d'aile. Le maître ordonna :

« Reculez ! Dégagez la fenêtre ! »

Les enfants reculèrent. L'hirondelle s'amenait comme une flèche. Cependant, au moment de franchir l'ouverture de la fenêtre, l'oiseau crocheta avec un piaillement. Il repartit vers le ciel. Les élèves étaient déçus. Ils virent l'hirondelle s'en aller.

« Ce n'était pas le directeur », dit Bruno.

« Regagnez vos places », dit le maître. « Nous

laisserons la fenêtre grande ouverte, au cas où le balai rapporterait Monsieur Mercier. »

A regret, les élèves obéirent. Ils n'avaient pas envie de travailler. Ils imaginaient le directeur bouillant dans une grande marmite de sorcière.

« Allons, travaillez », dit le maître, « ou je me fâche, saperli*pochette* ! »

Il se dirigea vers son bureau, attrapa un cahier et vlan ! il en frappa soudain une grosse mouche noire qui bourdonnait en voletant au-dessus de ses affaires. La mouche s'abattit, assommée. Elle était tombée sur le dos et tournait sur place comme une toupie folle en faisant Bzz Bzz et en agitant les ailes. Le maître éleva son cahier en l'air pour l'achever...

« Non ! Arrêtez ! » lui cria Annelise qui était assise auprès du bureau.

Elle désignait la mouche avec émotion. Les élèves se levèrent. Oh ! La mouche grossissait en bourdonnant. Elle enfla comme une prune, puis comme une pomme, puis comme un melon, puis comme une citrouille.

« Mille sabords de saperli*pompette* ! » s'écria le maître avec ahurissement.

La mouche avait encore gonflé. Ses ailes devenaient des bras qui s'agitaient maladroitement. L'insecte acheva sa transformation en... Monsieur le directeur. Il se tortillait sur le bureau et renversait le matériel scolaire.

« Ça alors ! » s'écria le maître.

Il brandissait encore le cahier qui avait assommé la mouche lorsque le directeur recouvra ses esprits et se redressa en se frottant la nuque. Il secouait la tête, il soufflait. Il s'assit sur le bureau.

« Il est groggy ! » ricana Pierre.

« Tu as vu le coup de cahier qu'il s'est pris sur le *citron* ! » ricana Valentin.

« Ça lui a remis les idées en place ! » rit Renaud.

« Il était devenu une grosse mouche ! » s'écœurait Camille. « Beurk ! »

« Mais ? » demandait le maître. « Que vous est-il donc arrivé ? »

Il aida le directeur à se remettre sur pieds. L'infortuné Monsieur Mercier avait les jambes molles. Il dut s'agripper au bureau pour ne pas s'affaler par terre. Il dodelinait de la tête en soufflant bruyamment :

« Pff… Pff… Pff… C'est la sorcière. Pff… » expliqua-t-il en reprenant peu à peu connaissance. « J'étais accroché au balai… Pff. Je me souviens… Nous avons survolé les toits… Pff… En arrivant au-dessus du Jardin des Plantes, j'ai senti un choc et… J'ai vu le balai filer tout seul vers la Seine… Pff… J'ai cru que j'allais tomber et j'ai écarté les bras… Pff… Mais je ne tombais pas… Je me suis rendu compte qu'on m'avait jeté un sort et que j'étais changé en mouche… »

« Si ça se trouve », murmura Flavie à Morgane, « ça s'est passé quand tu as dit *hoo...* »

Morgane était émue. Marie-Catherine vint à son aide :

« Si elle ne l'avait pas dit, on ne sait pas où serait le directeur à présent ! »

« C'est vrai ! » dit Clara. « Elle lui a sauvé la vie ! »

Le maître brandissait encore le cahier. Il le déposa sur le bureau en bredouillant des excuses :

« J'ai failli vous massacrer... »

« Je me demande si au contraire... » commença le directeur...

« Si ça se trouve », dit Manon, « sans le coup de cahier sur la tête, Monsieur Mercier serait resté une grosse mouche toute sa vie ! »

« Un oiseau l'aurait gobé ! » dit Alexis.

La bouche ouverte, il fit mine d'avaler une mouche en battant des bras.

« S'il vous plaît ! » s'écria le directeur. « Ne me parlez plus d'oiseaux ! J'étais poursuivi par une hirondelle, figurez-vous ! Elle m'avait repéré ! Moi, je fonçais vers la fenêtre ! Une chance que vous l'ayez laissée ouverte sinon... »

« Sinon l'hirondelle l'aurait *bouffé* ! » s'esclaffa Edilson. « Ah-Ah-Ah ! »

« Non », dit Alexandre. « Il aurait foncé dans la vitre, et le choc l'aurait assommé, et il serait redevenu un humain. »

« Il serait tombé dans la cour ! » s'effraya Clara.

« Il se serait accroché à l'appui de la fenêtre ! » corrigea David.

Le directeur se frottait et se massait le crâne. Il grimaça en se découvrant une bosse et tira une pièce de cinq francs de son porte-monnaie pour l'appliquer dessus. Il titubait encore un peu en se dirigeant vers la porte. Il bougonna :

« Quelle affaire ! Il arrive toujours des mésaventures dans cette classe ! Je ferais mieux de ne jamais y entrer ! »

Puis il regagna son bureau pour aller bourdonner au-dessus de ses dossiers – pardon, pour aller travailler. Les élèves hochaient la tête en imaginant ce qui serait arrivé si le maître avait abattu son cahier la deuxième fois sur la grosse mouche noire.

« Il l'aurait écrabouillée ! » riait Valérien.

« Il aurait transformé le directeur en galette ! » ajoutait Annelise.

Maintenant que l'émotion était apaisée, les élèves prenaient l'aventure avec humour. Ils se demandaient pourtant où demeurait la sorcière, et si cette affreuse mégère qu'ils supposaient poilue et barbue se manifesterait encore à l'école...

Enfants, ne ramassez jamais les balais errants !

La vieille dame aux pigeons connaissait beaucoup d'histoires. Elle me racontait celle des souliers. Je vous la résume, parce qu'elle ne l'a pas terminée. Dommage, ç'aurait été la centième aventure d'enfantastiques.

C'était Mickaël qui n'avait pas envie d'aller en gymnastique. Il avait fait prendre la fuite à tous les souliers du vestiaire. C'était drôle car 64 souliers (32 élèves = 32 paires !) qui courent en tous sens dans une cour de récréation provoquent une pagaille très inhabituelle ! Le professeur de sport, débordé, essayait de les capturer. Les enfants bondissaient à leurs trousses, armés de crosses de hockey sur gazon. Les souliers fuyaient. Comme la cuisinière entrait dans l'école, ils avaient profité de l'ouverture de la grille pour s'échapper dans la rue. La cuisinière poussait de grands cris perçants parce que les chaussures se faufilaient entre ses jambes comme des souris. Le professeur de gymnastique et tous les élèves s'étaient élancés dans la rue Marcel-Aymé à la poursuite du troupeau indiscipliné. Mickaël était très heureux. Il faisait trotter, sauter les souliers, et même il... Malheureusement, je ne saurai pas la fin de l'épisode – vous non plus – parce que la vieille dame venait d'interrompre son récit. Elle me désignait deux garçons qui débouchaient sur la place de la Contrescarpe, l'un en planche à roulettes, l'autre à pied.

« Celui qui est à pied s'appelle Barthélemy », me dit-elle. « Il a le pouvoir de sauter de très haut sur le sol. Ça lui est venu une nuit qu'il dormait sur un lit à étage, et qu'il en est tombé. Depuis, il s'exerce à sauter de points de plus en plus élevés. Hier, il a sauté du cinquième étage d'un immeuble. »

« Oh ! »

« Vous voyez, ces deux trous dans le goudron ? Ce sont les traces de ses pieds. »

« Mille sabords ! » (Comme dirait Clara.)

« Je crois qu'il envisage de sauter de la tour Eiffel un de ces jours. Est-ce que vous aimez les manèges ? »

« Pardon ? »

Je ne saisissais pas le rapport entre le sauteur, la tour Eiffel et la fête foraine. Mais la vieille dame insistait :

« Est-ce que vous aimez les manèges ? »

« Ma foi oui, mais je... »

« Vous allez être servi. »

« Comment cela ? »

« Le garçon sur la planche à roulettes, c'est Léon. Regardez-le bien. »

Je le regardai.

C'était un garçon comme tous les garçons, avec une tête, deux bras, deux jambes, un corps. Et alors ?

« Regardez-le mieux », me conseilla la vieille dame.

L'enfant roulait tranquillement sur sa planche vers le centre de la place.

« Si vous aimez les manèges », me dit la vieille dame, « je vous conseille de vous installer sur la chaussée ou sur le trottoir près des immeubles car tout va tourner. »

« Quoi ? »

Au milieu de la place, Léon écartait les bras. La vieille dame était retournée s'asseoir sur son banc avec sa volée de pigeons.

« Mais ? » dis-je.

J'étais debout au milieu de la rue qui fait le tour de la place, mon carnet dans une main, mon stylo dans l'autre.

« Vous feriez mieux d'agripper quelque chose », me dit Louis le garçon de café.

Lui-même cramponnait le chambranle de la porte à deux mains.

« Mais pourquoi ? »

« Gare à la secousse ! »

Je lorgnai le gamin. Bras écartés, il se mit à tourner sur lui-même et je sentis le sol se dérober sous mes pieds.

« Holà ! » m'écriai-je.

Je courus en titubant attraper un réverbère. Le sol tournait, la rue tournait, les immeubles tournaient !

La place devenait un immense manège qui tournait de plus en plus vite au fur et à mesure que le garçon debout au milieu pivotait sur place en accélérant. Les passants criaient de joie et de vertige.

Moi, je suis obligé de cesser d'écrire, d'autant que mon réverbère se met à monter et descendre. C'est amusant. Je vous laisse. La place tourbillonne ! Youpiii ! Je vous embrasse !

Et vivent les enfantastiques, saperli... *pouett-pouett* !